C'est la Bonne

Une deuxième chance à l'amour

Une nouvelle de la Scène Sociale de San Diego

Tess Summers

Seasons Press LLC

Traduction française 2024

Date de publication : 2020
Publié par Seasons Press LLC
ISBN: 9798324108984

Date de traduction : 2024
Traduit de l'anglais par Sylvain Mark
Traduction révisée par Plume Editing
Couverture réalisée par OliviaProDesign

Ce livre est destiné à un public averti. Il contient des scènes de sexe explicites et un langage cru qui pourrait choquer certaines personnes.

Tous les personnages se livrant à une quelconque activité sexuelle sont âgés d'au moins dix-huit ans.

Une nouvelle offerte !

https://dl.bookfunnel.com/euvw5uenbv Inscrivez-vous ici pour recevoir ma newsletter ainsi qu'une nouvelle exclusive réservée aux abonnés. Vous serez également parmi les premiers à recevoir des informations concernant mes projets en cours (mais je ne bombarderai pas votre boîte mail, promis !).

Le Petit-Déjeuner Est Servi

Scène Sociale de San Diego
Bonus

Avec ses amants, ce n'est que pour une nuit et certainement pas pour la vie. Il compte bien y remédier.

Lauren n'a de temps que pour l'entreprise qui est devenue son bébé et n'a que faire d'une relation sérieuse. Ainsi, lorsqu'elle rentre à la maison en compagnie du patron de sa meilleure amie après un gala de charité et déjeune avec lui le lendemain, un problème évident se pose. Lauren ne passe jamais une nuit entière avec un homme – jamais.

La meilleure stratégie est sans doute de ne pas répondre à ses appels. Mieux vaut ne pas prendre de risques.

Hélas, Tristan n'est pas arrivé à la tête d'un des plus gros cabinets juridiques de Californie en abandonnant face au premier obstacle. Cet homme est prêt à tout pour obtenir ce qu'il veut – c'est-à-dire Lauren dans son lit chaque soir et dans ses bras chaque matin.

C'est la Bonne

Paige

Quand je me suis réveillée le matin de Noël, je ne savais pas si j'avais reçu une orange ou un bout de charbon dans ma chaussette. En repensant aux événements d'hier soir, je tablerais plutôt sur la deuxième option puisque j'ai été très vilaine. Ce devait être une erreur – moi qui était toujours une femme exemplaire. Mais le bel homme nu blotti contre moi semblait me promettre de biens meilleurs cadeaux que le Père Noël ne pourrait jamais m'offrir. Qu'à cela ne tienne, ce charbon entretiendra la flamme qu'il a éveillée en moi.

Grant

Je voyais désormais mes enfants un weekend sur deux et quelques jours durant les vacances – une raison de plus pour détester mon divorce. Me rendre au réveillon de Noël de mon associé semblait être un bien meilleur programme que de me saouler seul dans mon appartement témoin devant un sapin en plastique. Je ne m'attendais vraiment pas à recevoir les avances d'une ancienne présidente d'association de parents d'élèves. Ni à me réveiller dans son lit le lendemain sans vouloir le quitter. Hélas, on ne vit pas si vieux sans traîner un certain passif avec nous. La grande question est donc : les nôtres vont-ils de pair ?

Cette histoire d'amour chaude et feel-good donne une seconde chance à l'amour et vous prendrez plaisir à suivre Paige et Grant jusqu'à partager la fin heureuse qu'ils méritent tant – mais pas avant de découvrir que les rencontres amoureuses ne sont pas de tout repos, même à leurs âges.

Table of Contents

C'est la Bonne

Une deuxième chance à l'amour

Une nouvelle de la Scène Sociale de San Diego

Chapitre Un

Paige Hayes

« Ma vie a changé du jour au lendemain », « Je n'aurais jamais cru qu'un truc pareil arriverait », ça vous parle ? On entend souvent ce genre de phrases, généralement de la part de celles et ceux qui ont perdu un proche – mais je peux vous dire que le divorce n'est en rien différent.

On réfléchit à comment réagencer le salon et, *pouf*, on découvre le lendemain que le mari qui partage notre quotidien depuis dix-neuf ans a une petite amie bien plus jeune qui se trouve être enceinte.

L'arrêt sur image est brutal.

« Tu ne t'en étais vraiment pas doutée ? » me demandaient mes amies et, embarrassée, je leur répondais toujours sincèrement : « Pas une seule seconde. »

Bien entendu, les signes de cette trahison étaient évidents, avec le recul. Notre vie sexuelle, qui n'avait jamais été fantastique, avait fini par devenir non-existante ; mon mari se faisait régulièrement appeler pour des *opérations d'urgence* pour lesquelles il devait rester à l'hôpital de longues heures durant ; beaucoup de conférences hors de la ville ; beaucoup d'absences la nuit, en général... Mais le Dr. Scott Hayes roulait sur l'or et nous entretenions une relation assez plaisante, donc je ne m'étais jamais penchée sur son comportement. Les disputes étaient rares, mais cela tenait probablement du fait que nous parlions rarement d'autre chose que des enfants ou de notre emploi du temps.

Pour le reste du monde, nous formions le couple idéal – et beaucoup partagèrent ma surprise en apprenant qu'il avait demandé le divorce un matin, entre deux toasts.

Pour sa défense, Scott avait au moins eu la décence d'avoir honte. Mes prestations compensatoires et la pension alimentaire permirent aux enfants et à ma vie de ne pas trop changer, malgré le fait que je n'avais pas travaillé depuis la fin de ses études de médecine. Mon existence avait été restreinte à nos enfants, notre foyer et notre réputation auprès de nos amis. Désormais, trois ans après le divorce, les enfants partaient pour l'université tandis que la nouvelle Mme Hayes, plus jeune et plus alerte, s'occupait de Scott. Ma maison n'était donc plus qu'un sanctuaire abandonné, la coquille vide de ce que ma vie avait naguère été. Les enfants passaient le réveillon de Noël avec leur père et cette solitude me donnait la chair de poule.

Voilà comment je me suis retrouvée à la soirée de mon agent immobilier.

****

Grant Carson

Le divorce, ça ne pardonne pas. Même si l'on est marié à la plus horrible des femmes, on peut toujours voir ses enfants tous les soirs et entretenir un semblant de normalité dans sa vie. Hélas, le divorce bouleverse tout.

Ainsi, je me rends, non pas dans mon palace en briques doté de cinq chambres, d'un garage trois places et d'une piscine avec option jacuzzi, mais dans un trois pièces minable que j'ai loué pour neuf mois. Du beige et du marron clair à perte de vue : les murs, le sol, les meubles, les plans de travail. Absolument tout est beige, putain, tout – jusqu'à la baignoire.

Même s'il est agréable de ne pas avoir mes moindres faits et gestes décortiqués et analysés, je n'ai plus le plaisir de partager la compagnie de mes enfants tous les soirs au dîner. Seulement un weekend sur deux, le mercredi soir, et parfois pendant les vacances scolaires.

Et pour couronner le tout, il faut vraiment que je m'envoie en l'air. Impossible de me rappeler la dernière fois que j'ai senti le corps d'une femme contre le mien. Susan préférait la chambre d'amis à la nôtre durant les six derniers mois de notre mariage – et l'intimité nous avait déjà quittés six mois plus tôt. Voilà maintenant huit mois depuis la signature des papiers et, malgré un désir sincère de ramener quelqu'un dans mon boudoir beige, les occasions sont restées minces. Je travaille tout le temps et je suis partisan de l'adage : « On ne chie pas là où l'on mange. »

C'était donc le premier Noël que j'allais passer sans mes enfants depuis leurs naissances et, en toute franchise, j'étais au fond du gouffre. Dans mon malheur, je trouvais tout de même un certain réconfort dans le fait qu'ils étaient trop âgés pour croire au Père Noël – et que j'allais les chercher vers midi pour passer le vingt-cinq avec mes parents et le reste de ma famille.

— Mais enfin, il ne faut pas que tu restes tout seul pour le réveillon, Grant, réprimanda ma sœur Chloé lors de son appel dans l'après-midi du vingt-quatre.

Le bureau était désert, puisque tout le monde était parti plus tôt, donc je choisis de répondre sans m'inquiéter de ma secrétaire.

— Tu es le bienvenu chez les parents de Colin ce soir, si tu veux, ajouta-t-elle.

Je secouai la tête, même si ma petite sœur était incapable de me voir à l'autre bout du fil.

— Ça me touche, mais non.

L'idée de devoir sourire toute la soirée parce que tout le monde me garderait à l'œil afin de s'assurer que je ne perde pas les pédales me répugnait. Comme si j'étais suicidaire, nom de Dieu.

— En fait, je vais fêter le réveillon chez quelqu'un, expliquai-je, mais je te verrai demain.

— Ah bon ? Chez qui ? demanda Chloé d'une voix suspicieuse.

Elle semblait douter du fait que ma soirée ne se résumerait pas à m'imbiber d'alcool sous le sapin en plastique que j'avais récupéré dans un magasin discount. Les enfants m'avaient aidé à le rendre resplendissant. Voilà qui symbolisait un nouveau départ pour moi. Susan, quant à elle, garderait les colliers de nouilles et autres babioles qu'ils avaient réalisés au fil des ans.

— Chez mon associé, dis-je. Il m'a invité, la semaine dernière.

Lorsque Travis m'avait invité, je n'avais pas été convaincu – mais le simple fait de penser à une soirée en solo dans mon appartement beige, devant mon sapin en toc et sans même mon chien pour me tenir compagnie avait suffi à me faire changer d'avis.

Et voilà comment je me suis retrouvé au réveillon de Travis Sterling.

Chapitre Deux

Paige

L'expression « se faire dévorer du regard », ça vous parle ? Eh bien, c'était précisément ce qui m'arrivait à la soirée d'Ava et l'embarras me gagnait fortement – surtout parce que le regard en question provenait d'un homme sans doute à peine plus âgé que mon fils. J'étais en partie flattée, je dois l'admettre, mais une voix ne cessait de répéter « beurk » dans mon esprit.

Je ne voulais pas me rendre sur le patio, par crainte qu'il me suive, et m'installai donc sur le canapé aux côtés d'un homme agréable à l'œil qui, en plus de son absence de cravate – qu'il avait sans doute laissée dans sa voiture avant de venir – , semblait venir tout droit du bureau avec sa chemise bleu clair monogramme, son pantalon noir et ses chaussures assorties.

Il devait avoir mon âge, même s'il est assez délicat de déterminer l'âge de quelqu'un après la quarantaine. J'avais un jour découvert que le temps faisait parfois moins de cadeaux à certains qu'à d'autres, en revoyant mes anciens camarades de classe sur Facebook. Néanmoins, cet inconnu semblait avoir bien vieilli. Il était en forme, avait encore tous ses cheveux châtains, juste assez de gris au niveau des tempes pour lui conférer un air distingué, et son beau visage était agrémenté d'une mâchoire carrée. Quelques rides se dessinèrent autour de ses yeux marron lorsqu'il me sourit et je fus époustouflée par la beauté qui se dégageait de lui.

— Vous passez une bonne soirée ? demanda-t-il d'une voix grave et légèrement rauque.

— Je suis toute seule pour le réveillon... Je m'estime simplement heureuse d'avoir pu échapper à une soirée au cinéma, avouai-je. Je crois que j'aurais atteint le sommet du pathétique. Une pauvre femme seule devant un film le vingt-quatre décembre.

Il ricana face à ma piètre réponse.

— Votre divorce remonte à longtemps ?

— Trois ans. Mais c'est la première fois que mes enfants ont accepté de passer les fêtes avec leur père. Ils refusaient de lui parler, la première année. Noël dernier, ils n'avaient pas vraiment envie de me laisser toute seule. Cette année, en revanche, j'ai insisté pour qu'ils y aillent. Les gredins n'ont accepté que parce que je leur ai assuré que j'avais des projets pour la soirée.

Je penchai ensuite la tête et le regardai d'un air pensif.

— Et vous ? ajoutai-je.

— Huit mois.

— Aïe. Une première pour vous, alors ? demandai-je en plissant le nez face à la douleur que j'avais ressentie à l'époque. Des enfants ?

Le plaisant inconnu grimaça avant de hocher la tête.

— Ma fille a onze ans. Mon fils, treize.

— À ces âges, c'est dur de ne pas les voir pour les fêtes. Je suis navrée. Enfin, aucun âge n'est plus simple à gérer. Les miens sont à l'université et j'ai toujours du mal avec la situation.

— Je les retrouve demain, donc ça pourrait être pire.

Il pencha ensuite la tête, comme pour m'examiner, puis tendit la main.

— Je m'appelle Grant Carson, d'ailleurs. Je travaille avec Travis.

— Ah, êtes-vous donc le Carson dans Carson, Burns, Sterling & Cooper ?

Son regard se fit prudent mais il ne me lâcha pas la main – et me caressa le pouce avec le sien.

— Ça dépend…

Je ne le repoussai pas.

— Votre cabinet m'a représentée durant mon divorce, expliqué-je. Je n'ai que des compliments à vous donner. Je m'appelle Paige Hayes.

Enfin, Grant me relâcha mais amena nonchalamment son bras le long du dossier du canapé alors que j'ajoutai :

— Ava est mon agent immobilier. Après trois ans, je vais enfin me tourner vers une *humble* demeure.

Il se tourna légèrement pour me regarder, mais nos jambes se touchaient. J'aimais cette sensation – sensuelle, presque protectrice.

— Je suis content que vous soyez satisfaite de notre prestation, dit-il, et tant mieux pour votre demeure. Je devrais sans doute engager Ava et acheter une maison. La vie en appartement n'est pas aussi sympa qu'il n'y paraît.

— Ah, ne me dites pas ça, grognai-je avant de poser la tête contre son épaule de façon théâtrale. C'est précisément ce que je comptais acheter.

Grant me frotta l'épaule, qui se trouvait près de sa main, sur le dossier du canapé, tout en me touchant légèrement la main gauche avec l'autre.

— Précision : la vie dans un appartement *tout beige* n'est pas aussi sympa qu'il n'y paraît.

Il indiqua mon verre presque vide et ajouta :

— Puis-je aller vous en chercher un autre ?

Je ne devrais pas, pensai-je.

— Du vin blanc, s’il vous plaît.

Grant se leva et me lança un clin d’œil alors qu’un sourire en coin se formait sur ses lèvres.

— Je reviens tout de suite.

Alors que je le regardais se rendre au bar, une seule pensée se répétait en boucle dans mon esprit : *beau cul.* Cela me surprit. Voilà qui n’était pas du tout dans mes habitudes. Grant avait une certaine aura, une démarche – non pas arrogante, mais assurée. C’était très séduisant.

Lorsqu’il revint s’asseoir sur le canapé, ses doigts effleurèrent les miens et je ressentis une décharge d’excitation ; tout comme lorsque j’avais seize ans, devant mon béguin du lycée. Enfin, j’ai divorcé dudit béguin.

L’homme qui se tenait désormais devant moi était drôle, éloquent, élégant, brillant et sa cuisse négligemment appuyée contre la mienne constituait une délicieuse mise en appétit à laquelle je n’avais pas goûté depuis longtemps.

Et voilà comment je finis, non seulement par rentrer avec un homme que je venais tout juste de rencontrer, mais par le lui proposer moi-même – chose qui ne me ressemblait pas du tout. Peut-être n’était-ce pas une si mauvaise chose.

****

Grant

La soirée s'essoufflait et je ressentis soudain l'envie qu'elle se prolonge. La belle femme à mes côtés, dont les cheveux blond foncé lui arrivaient aux épaules, m'avait complètement envouté – un véritable exploit. Et lorsque je dis *envouté*, je ne parle pas simplement de l'envie délirante de déchirer ses vêtements pour la souiller qui me prenait. Bien sûr, la belle m'excitait, mais son rire était contagieux et le simple fait de lui parler me captivait. Plus d'une fois ce soir-là, je dus ajuster mon pantalon face à une érection douloureuse.

Paige remarqua que les invités se faisaient de moins en moins nombreux et se rapprocha du bord du canapé, avant de ramasser son sac à main, prête à partir.

— J'ai passé une merveilleuse soirée, Grant. Merci de m'avoir laissé monopoliser la tienne.

Un vent de panique souffla sur moi puisque je n'avais pas encore eu l'occasion de récupérer son numéro. S'échangeait-on encore les numéros de téléphone à notre époque ? La communication se faisait peut-être par Instagram ou Snaptruc. Par email, même ?

— Merci à *toi* de m'avoir permis de passer la soirée en compagnie de la plus belle femme dans la pièce. Je peine à me rappeler la dernière fois où j'ai autant apprécié une conversation.

Je lâchai ensuite :

— Penses-tu que je puisse t'emmener à dîner mercredi ?

Un vrai Don Juan, Carson. Néanmoins, je craignais trop qu'elle s'éclipse avant que je ne tente ma chance. Le lendemain de Noël n'était sans doute pas une bonne idée, mais je voulais désespérément la revoir – et vite.

Fort heureusement, Paige n'hésita pas une seule seconde.

— J'en serais ravie.

Je me levai donc et tendis la main afin de l'aider à se relever.

— Puis-je te raccompagner à ta voiture ?

— Je suis venue en taxi.

Merci, Dieu. Au lieu de lui lâcher la main, je la rapprochai de moi pour la passer autour de mon bras.

— Puis-je te ramener chez toi, dans ce cas ? murmurai-je au creux de son oreille.

Elle baissa les yeux sur ses talons hauts noir et rouge si sexy, se mordilla la lèvre, puis hocha la tête tout en croisant mon regard. J'ai passé beaucoup de temps éloigné des femmes et de la drague, mais impossible de ne pas remarquer la lueur dans ses yeux. Je sus donc que Paige et moi allions passer une *très* bonne nuit ensemble.

J'étais prêt à la faire sortir au pas de course – ce qui constituait un problème lorsque l'on était l'associé de l'hôte et que l'on avait passé l'intégralité de la soirée collé à la ravissante femme qui nous tenait désormais la main. Sur le chemin de la porte, nous fûmes arrêtés tous les deux mètres par quelqu'un qui souhaitait discuter avec nous.

Travis nous remarqua et sourit. Il s'était révélé être un très bon ami lors de l'implosion de mon mariage et de ma descente aux enfers. Me voir au bras de l'ex de Scott Hayes ne sembla pas le surprendre.

Je me souviens de Stuart Chamberlin, l'avocat de Paige à l'époque, discutant de son affaire lors de nos réunions hebdomadaires le vendredi. Son mari avait satisfait toutes ses demandes, et plus encore. Il cherchait manifestement à soulager sa conscience à coups de billets. Le malheureux, non content de coucher avec une jeunette qui devait avoir la moitié de son âge, l'avait mise en cloque. *Quel abruti*, avais-je pensé.

Plus de la moitié de sa fortune l'avait quitté sans qu'il ne fasse d'histoires. Je le trouvais toujours idiot ce soir-là, mais pour une tout autre raison.

Quel genre de con délaisse une femme pareille ?

Nous arrivâmes devant sa maison – une bâtisse blanche au style colonial dotée de volets noirs, et décorée pour Noël. Paige se tourna alors vers moi et prit une profonde inspiration. J'éteignis le moteur et attendis qu'elle prenne la parole.

— Je sais que tu verras tes enfants demain, je ne suis pas certaine de l'heure, mais est-ce que... euh...

Elle prit une nouvelle inspiration et ses prochains mots furent prononcés rapidement à voix basse.

— Serais-tu intéressé par une nuit avec moi ?

J'hésitai. En effet, je désirais bien plus qu'une aventure sans lendemain avec Paige, mais je ne savais pas vraiment comment le lui dire. Mon hésitation dut se faire trop longue puisqu'elle ajouta :

— Nous ne sommes pas obligés de faire l'amour, de baiser, ou de se tringler... qu'importe ce qui se dit de nos jours. Enfin, je ne suis pas opposée à l'idée, mais je n'ai pas envie d'être seule ce soir et j'aimerais m'endormir dans tes bras.

— Je ne suis donc qu'un simple répit à ta solitude, Paige ?

Son visage sembla meurtri face à ma question et elle se redressa avant d'attraper la poignée de la portière de ma Mercedes, visiblement vexée.

— Je comprends bien qu'une approche aussi cavalière pourrait te donner l'impression que je suis une femme facile et que je fais ça souvent, mais je n'ai jamais demandé à un homme de passer la nuit avec moi. Je n'ai pas été touchée depuis quatre ans, Grant. Et tu serais le deuxième homme à avoir ce privilège.

Paige ouvrit la portière et s'arrêta pour ajouter :

— Donc, non, tu n'es pas qu'un *simple répit à ma solitude.* Je croyais qu'une alchimie s'était construite entre nous ce soir, et j'ai pris mon courage à deux mains. En fin de compte, je vois bien que j'ai juste l'air d'être d'une salope.

Sans même me laisser l'occasion de répondre, elle sortit de la voiture et foula les pavés illuminés par des lampes solaires menant à sa porte. Je partis donc la rattraper sous son porche tandis que Paige plongeait une main dans son sac, en quête de ses clés. Une lumière blanchâtre nous éclairait quand, enfin, elle les trouva et ouvrit la porte – toujours sans un mot de ma part. J'essayais de trouver la bonne réponse.

Paige se trouvait désormais dans l'embrasure de la porte et refusa de s'écarter pour me laisser entrer. La couronne de Noël emplissait l'air d'une odeur de pin.

Nom de Dieu, pensai-je, *pas étonnant que je sois célibataire.* Je rencontre la femme la plus captivante qu'il m'ait été donnée de voir et qu'est-ce que je fais ? Je l'insulte. *Bravo, champion.*

Il était temps d'enclencher le plan B : honnêteté, charme et séduction, suivis d'une myriade d'orgasmes qui feront encore trembler ses jambes à mon départ.

Je fis donc un pas vers elle et Paige accepta de se déporter sur le côté, sans pour autant fermer la porte.

— Je m'excuse, Paige. Après seize ans de mariage, je suis plus que rouillé.

Après avoir passé une main dans mes cheveux, j'ajoutai :

— Je t'apprécie, bien plus que je ne le devrais après seulement quelques heures. Ça m'a rendu peu sûr de moi. Je ne voulais pas t'insulter. Puis-je t'accompagner à l'intérieur pour tout recommencer ?

Ses lèvres s'entrouvrirent d'un air surpris et elle ferma enfin la porte.

Voilà comment j'ai fini avec les jambes divines de Paige Hayes enroulées autour de moi tandis que son dos claquait contre le bois de la porte en ce réveillon de Noël. Les guirlandes rouges disposées autour de son sapin naturel semblaient vibrer au rythme de notre désir.

Chapitre Trois

Paige

Je fermai la porte d'entrée et Grant m'attrapa immédiatement par les cheveux pour me plaquer contre celle-ci. Ses yeux s'attardèrent brièvement sur les miens avant que nos lèvres se rencontrent.

L'espace d'un infime instant, je me sentis... bizarre. Je n'avais jamais embrassé un homme autre que mon mari, que j'avais rencontré au lycée. La façon dont les lèvres de Grant se mouvaient contre les miennes était peu familière – étrangère, même. Puis je me détendis et me laissai succomber à ses douces lèvres tout en lui laissant les commandes. Sa langue vint chercher la mienne tout en me pressant de lui rendre la pareille et je me rendis compte que... j'aimais ça. J'aimais beaucoup, à vrai dire. Grant embrassait divinement bien.

Bientôt, sa queue dure comme le roc vint se poser sur moi et je ne perdis pas de temps pour me frotter éhontément contre lui. Mon Dieu, j'étais loin, très loin, de me douter que la fête ne faisait que commencer – et que ma perception du sexe allait changer à jamais, pour mon plus grand plaisir.

Scott s'était toujours montré respectueux durant nos ébats. En d'autres termes : barbant. Pour nous, le sexe était devenu une sorte de routine, même lors de notre lune de miel. Jamais nous n'avions exploré un quelconque fantasme, ou pris le temps d'apprécier le plaisir que nous nous procurions. Non, l'opération était toujours la même : se mettre sur moi, donner des coups de reins, jouir, parfois prendre la peine de me donner un orgasme, se retirer, se nettoyer, et dormir.

Une position autre que le missionnaire ? *Quasiment jamais.* Des mots crus ? *Jamais.* Une baise rude et un mari dominant ? *Aucune chance pour moi.* Enfin, pour être tout à fait juste, j'aurais sans doute été estomaquée si Scott avait montré ce genre de penchants.

Ainsi, lorsque Grant Carson me plaqua contre la porte d'entrée, souleva ma jupe pour écarter ma culotte, puis plongea les doigts au fond de ma chatte, une partie de moi le prit mal.

— Quelle vilaine fille, tu es déjà toute trempée pour moi, grogna-t-il.

Cependant, une plus grosse partie de moi – la partie la plus salope, j'imagine – m'intimait de relever ma jupe un peu plus haut tout en écartant davantage les jambes afin de profiter d'autant de débauche que possible avec l'homme si distingué et sexy qui se trouvait devant moi.

Bonsoir, mon beau mâle alpha.

Les doigts de Grant touchèrent *le* point sensible. Ce point que Scott jurait n'être qu'un mythe, mais que j'étais parvenue à trouver cette année grâce à l'aide de mon nouveau vibromasseur à la pointe recourbée – apparemment conçu pour cette tâche.

Dieu que cet homme savait ce qu'il faisait. Sa main libre vint ensuite se poser sur mon clitoris pour y décrire des cercles et il n'en fallut pas plus pour me faire haleter telle une chienne en chaleur. Alors que je me frottais contre sa main, je ne pus m'empêcher de remarquer que j'en avais également le comportement.

— Putain, qu'est-ce que tu es sexy, grogna Grant à travers des dents serrées.

Ces mots, pareils à une formule magique, entreprirent quelque chose en moi. J'eus l'impression que Grant me donnait la permission d'accepter cet aspect de moi-même — que je n'avais jamais soupçonné auparavant. Il dut d'ailleurs le remarquer puisqu'il me murmura à l'oreille :

— Voilà, bébé. Laisse-toi aller.

Et j'obéis. Je me laissai apprécier la vague de plaisir qui s'apprêtait à déferler sur moi, en commençant par le bas-ventre... mes orteils se recourbèrent, puis un orgasme sans précédent s'empara de mon être tout entier pour le faire trembler alors que je hurlais :

— Mon Dieu, MON DIEU, OUIIIIIIIIIII ! Oh ouiiiiiiiiiii !

Je sentis ensuite mon corps se refermer autour de ses doigts, et Grant ne lâcha pas mon clitoris jusqu'à ce que je m'effondre sur lui, les mains contre son torse musclé – toujours caché sous sa chemise bleu clair.

— Waouh, arrivai-je à peine à murmurer tout en essayant de reprendre mon souffle.

Il prit son temps pour se retirer de mon entrejambe et me regarda droit dans les yeux tout en étalant ma mouille sur mes lèvres, puis il se pencha pour m'embrasser.

— Tu es si bonne. J'ai hâte de te bouffer la chatte.

Comme si j'allais refuser.

****

Grant

J'aurais peut-être dû m'y prendre plus doucement.

Le problème était que je voulais la revoir, donc je me devais de sortir le grand jeu dès le départ.

N'est-ce pas contre-intuitif ? Je vais vous expliquer ma démarche.

Ma vie sexuelle, en tant que mari, a démarré de manière assez classique et mes tentatives d'élever le niveau se sont toutes révélées infructueuses. Susan et moi n'avons pas évolué ensemble et n'avons rien exploré. En réalité, nous nous sommes tant éloignés que le sexe a fini par devenir un mirage dans notre couple. Je refuse de revivre ça.

Si je compte m'impliquer avec une femme, elle devra se montrer ouverte à l'aventure et aimer le sexe autant que moi.

Voilà ce que je me suis dit après mon divorce. Il me faut une compagne coquine, excitante, et qui aura à cœur de découvrir notre plaisir sans la moindre gêne ou jugement. Ainsi, je devais commencer en grandes pompes avec Paige pour jauger sa réaction et être fixé.

Mais ne vous méprenez pas, nous aurons l'occasion de faire l'amour – dans la tendresse et la douceur – un autre soir. Pour l'instant, en revanche, je vais montrer à Paige Hayes comment on baise.

Du moins, voilà ce que je pensais avant que cette lionne déguisée en biche ne renverse la vapeur…

Elle tomba à genoux devant moi et passa les mains sur le haut de mes cuisses tout en posant la bouche sur ma queue par-dessus mon pantalon. Son rouge à lèvres ne tarda pas à tacher le tissu – et son menton. Une vision divine me vint aux yeux lorsque Paige leva la tête pour croiser mon regard, son merveilleux visage marqué de rouge alors qu'elle s'occupait de ma ceinture.

Je pris une profonde inspiration et fermai les yeux face au son de ma fermeture éclair qui s'ouvrait, puis sentis mon pantalon rejoindre mes chevilles. Une fois de plus, Paige posa la bouche sur ma queue – seul le tissu de mon boxer nous séparait désormais. J'étais sûr qu'il y avait une tache dessus, puisque mon érection ne m'avait pas quitté de la soirée. Cette femme m'avait excité au premier regard sur le canapé de Travis.

Paige tira ensuite sur mon boxer et ma queue goûta enfin à la liberté en rebondissant devant son doux visage.

Elle ne perdit pas de temps et se frotta les joues avec mon manche tout en fermant les yeux, ivre de plaisir. Au lieu de me prendre en bouche comme je m'y attendais, Paige plongea la tête entre mes jambes et se mit à me sucer les couilles tout en me caressant.

Waouh. Bonjour. Voilà une première. Jamais on n'avait fait quoi que ce soit de ce genre à mes couilles. Merde, je n'ai pas reçu de pipes pendant au moins cinq ans – je ne suis donc pas difficile de ce côté-là. Mais cette femme m'emportait dans un tout nouvel univers tandis que sa langue tournoyait autour de ma peau si sensible avant de la tirer délicatement entre ses lèvres.

Je rejetai légèrement la tête en arrière mais mes yeux revinrent vite sur le spectacle que Paige m'offrait. Jamais je n'avais été frappé par un tel érotisme et je ne comptais pas en rater une seule seconde. Puis sa langue vint plus loin entre mes jambes et je m'écriai :

— Oh, putain !

J'écartai ensuite les cuisses tout en m'efforçant de regagner mon calme.

La belle sourit contre ma peau.

— Vilaine garce, grognai-je.

Paige ne répondit pas verbalement, mais sa langue remonta lentement le long de mon manche jusqu'à ce qu'elle m'engloutisse tout entier. Son nez arriva contre mon bas-ventre et je fus pour le moins impressionné.

— Putain, oui.

Elle me garda au chaud dans sa gorge, les larmes aux yeux tandis que nos regards se croisaient, et n'eut que quelques sursauts avant de remonter lentement la tête pour me laisser complètement trempé de salive. Paige se mit ensuite à remuer tandis que sa main s'occupait de mon manche.

Je saisis immédiatement ses cheveux blond foncé.

— Ma douce, tu vas devoir t'arrêter, ou je vais jouir.

Au lieu de s'exécuter – ou même de ralentir – ma petite coquine fit le contraire et me caressa plus vite tout en me suçant plus intensément alors que ses gémissements me faisaient vibrer dans sa bouche. Elle prit ensuite mes couilles entre ses doigts et je perdis le contrôle.

— Paige, bébé. Je vais jouir.

Je voulus la prévenir avant d'exploser dans sa gorge, mais ce devait être précisément ce qu'elle voulait puisque sa bouche et sa langue se déchaînèrent autour de moi comme dans un film porno.

Je sentis alors une tension naître dans mes couilles et mon manche se fit plus épais avant que mon orgasme s'échappe enfin. J'eus l'impression d'être le roi du monde, avec cette femme magnifique collée à ma queue et dévorant chaque goutte de mon plaisir. J'avais subi une vasectomie, donc impossible de jouir autant que par le passé, mais après tant de pénitence... je me sentais déjà plus léger.

— Paige... dis-je en lui tirant les coudes afin qu'elle se tienne debout devant moi, avant de passer les bras autour d'elle. Nom de Dieu, ma belle. Tu es incroyable.

Veux-tu m'épouser ?

Elle se blottit contre la chemise bleue en coton que je portais toujours.

— Tu crois que nous pourrions aller à l'étage pour que tu me tiennes contre toi dans le lit, où nous serons nus ? demanda Paige d'une voix tendre et peu assurée.

— Ma douce, on peut faire tout ce dont tu as envie.

Avec un sourire sur les lèvres, elle s'éloigna pour me laisser remettre mon pantalon avant de me prendre par la main pour m'emmener à sa chambre – où nous nous déshabillâmes sans grand érotisme de chaque côté du lit. Mais lorsque nous nous installâmes dans le lit et que nos corps nus se rencontrèrent sous la couette pour la première fois... J'eus l'impression de recevoir mon cadeau de Noël. Le corps de Paige semblait avoir été fait pour moi et le fait que cette nuit avait été complètement inattendue ne faisait qu'embellir le tableau.

Je pourrais m'habituer à l'avoir dans mes bras.

Chapitre Quatre

Paige

Je me trouvais au lit, nue, avec Grant Carson, un homme que j'avais rencontré dans la soirée – et j'étais divisée. Premièrement, j'aimais – et je pèse mes mots – la sensation que me procurait son corps contre le mien. Il était puissant et si chaud. Tendre et protecteur. Sans oublier, ultra sexy.

Mais, n'aurais-je pas dû me sentir… je ne trouve même pas le bon mot. Honteuse ? Coupable ?

Ramener un inconnu à la maison et le laisser me faire monter au rideau avec ses doigts contre la porte d'entrée n'était déjà pas très glorieux, mais lui tailler une pipe ensuite – à genoux, n'oublions pas – tout en m'occupant de ses couilles ? Je n'avais jamais accordé un tel traitement à mon ex-mari. Il était poilu et ses couilles semblaient faire partie de la forêt interdite où ne jamais s'aventurer.

Celles de Grant, en revanche, étaient bien entretenues et attrayantes – si un tel qualificatif était approprié. Donc, je m'étais laissé emporter par mon instinct. Voilà qui semblait résumer mon état d'esprit ce soir-là. Et ça ne me ressemblait pas du tout.

Peu importe ce que je fais, je me suis toujours montrée inquiète du regard des autres, et de leurs commentaires. Assez tristement, cela n'avait pas manqué lorsque Scott avait demandé le divorce. *Que vont penser les gens ?* m'étais-je dit. Pourtant, en quittant la soirée d'Ava, main dans la main avec Grant, mon esprit s'était trouvé totalement libéré du joug des on-dit.

Il me caressait lentement le dos du bout des doigts tout en me tenant contre lui dans mon lit.

— Qu'est-ce qui se joue dans ta belle petite tête ?

— Je me demande simplement ce que les gens diront après nous avoir vus partir ensemble.

— C'est important pour toi ?

Je réfléchis à la question un instant avant de réaliser que non. Je venais de passer la meilleure nuit de ma vie – sans aucun doute, et c'était grâce à Grant.

— Pas vraiment. Mais mes enfants sont adultes et, grâce à ton cabinet, je reçois un très gros chèque chaque mois, peu importe ce qu'on pense de moi. Toi, en revanche, tu n'as pas ce luxe.

Je le sentis ricaner.

— Paige, nous ne sommes pas en 1950. Personne ne va trouver honteux le fait que j'ai proposé de te ramener chez toi. Oui, on pourrait penser que je cherchais à passer la nuit avec toi, et alors ? Les gens ne risquent pas de jaser en mal à propos de moi quand ils nous verront à nouveau ensemble. Non, ils diront simplement : *tu as vu à quel point Paige Hayes rayonne, ces jours-ci ? Grant Carson doit très bien s'occuper d'elle.*

Je levai la tête de son torse.

— Tu veux me revoir ?

Grant vint me tenir le menton entre son pouce et son index afin que nos regards se croisent.

— À chaque fois que j'en aurai l'occasion, répondit-il avant de m'embrasser tendrement.

Je soupirai contre ses lèvres. Cet homme était trop beau pour être vrai.

L'avocat sexy se mit ensuite sur moi tout en se reposant sur ses avant-bras alors que ses yeux couleur café cherchaient les miens. Tout était beau chez Grant, de sa mâchoire ciselée aux rides qui faisaient ressortir ses yeux. Et son corps... Nom d'un chien, un père divorcé avait-il le droit d'être aussi canon ?

Sans même pouvoir m'en empêcher, je lui souris. Je sais très bien que nous étions censés être au milieu d'une scène torride mais sa simple présence suffit à me rendre heureuse. Grant me lança un sourire diabolique en retour et se pencha pour m'embrasser à nouveau. Le baiser fut tendre et respectueux – au début.

Mes doigts se plantèrent dans ses cheveux épais et je fus surprise de les trouver si soyeux tandis que Grant quittait mes lèvres pour se poser sur ma mâchoire, puis près de mon oreille. La chair de poule m'envahit immédiatement et mes tétons ne tardèrent pas à durcir contre lui. Il le sentit et rit doucement.

— J'adore la façon dont ton corps me répond.

Je glissai une main entre ses jambes pour saisir sa grosse queue et répondis en souriant :

— De même.

Grant éclata de rire – un rire grave et contagieux. Je ne pus m'empêcher de glousser.

— Merci pour cette nuit magnifique, Paige. Je n'aurais pas pu rêver mieux. Tu es exactement ce dont mon âme a besoin.

Qu'est-ce que c'est que cette réplique ?

Je dus tout de même admettre qu'elle était bien trouvée.

— Je connais ce sentiment, dis-je.

Son visage se fit alors sérieux.

— En ce qui concerne les capotes... je n'en ai pas, pour être honnête. Jamais je n'aurais pensé en avoir besoin ce soir.

Grant s'interrompit ensuite, comme pour me donner l'occasion de préciser si j'en avais dans ma table de nuit. Face à mon silence, il continua.

— J'ai eu une vasectomie et je suis en parfaite santé. Je pense que toi aussi ?

Je me contentai de hocher la tête.

— Donc, tu es d'accord pour le faire sans protection ?

Je fus assez gênée de ne pas y avoir pensé une seule seconde. Mon Dieu, je me ferais manger toute crue dans le monde des rencontres – ce qui était en partie pourquoi je n'avais pas remis un pied dans le marché de la séduction.

Aussi, mon divorce m'avait permis un autre genre de rencontre – avec des sex-toys. De bien des façons, je les trouvais bien meilleurs qu'un homme en trois dimensions. En effet, je n'avais pas à m'inquiéter de leur fidélité ou d'une quelconque MST. Ils prenaient toujours mon plaisir à cœur et ne laissaient jamais leurs assiettes dans l'évier.

Néanmoins, Grant Carson était en train de me faire changer d'avis. Enfin, j'attendrais de voir si la lunette des toilettes restait baissée après son passage pour me remettre en question.

— Oui, je suis d'accord, murmurai-je.

La nervosité me gagna soudain, ce qui n'était absolument pas logique pour une personne sensée telle que moi. N'aurais-je pas dû me montrer nerveuse en bas ? C'était désormais le fait d'avoir un rapport sexuel avec un nouvel homme qui me désarçonnait. Un *vrai* rapport.

Sans trop savoir comment – ni pourquoi –, j'avais jusqu'ici eu l'impression de regarder la soirée depuis l'arrière-plan. Ce n'était pas moi, au lit avec l'avocat sexy que je venais tout juste de rencontrer. Ce n'était pas moi qui venais d'avoir un orgasme ahurissant dans l'entrée de ma maison alors que ses doigts étaient plongés en moi. Je n'étais pas la tentatrice qui s'était mise à genoux pour le caresser et le regarder dans les yeux tandis qu'il me tenait la tête à pleines mains pour jouir tout au fond de ma gorge.

Grant grogna mon nom contre ma peau tout en se positionnant entre mes jambes et, d'un coup, mon étrange dissociation cessa. Je retins donc la panique qui cherchait à s'emparer de moi et m'efforçai de rester dans le moment présent. Il comprit instantanément que quelque chose clochait et s'arrêta.

— Nous ne sommes pas obligés, dit-il.

Je secouai la tête en essayant de choisir soigneusement ma réponse.

— Le truc, c'est que j'en ai vraiment envie. Mais j'ai l'impression que devrais me sentir coupable. Ce n'est pas qui je suis. Je n'ai jamais été aussi vilaine, aussi cavalière – aussi tentatrice –, mais je crois que c'est ce que j'ai toujours voulu, en secret. Je veux te rendre fou de désir pour moi, tout en conservant ton respect, ton adoration. Je ne veux pas que tu me prennes pour une salope et pourtant, j'ai envie d'en être une. Je veux aussi que tu me fasses l'amour…

Une larme minuscule s'échappa du coin de mon œil et je m'interrompis en attendant que Grant se glisse lentement hors du lit pour s'habiller – au cas où ma folie serait contagieuse.

Au lieu de cela, il essuya ma larme avec son pouce et m'embrassa doucement.

— Pour commencer, il faut que tu saches que tu as déjà mon respect et mon adoration. Je te trouve aussi incroyablement sexy. Le fait que tu aies envie d'explorer ta sexualité avec moi est un honneur que je ne prendrai pas à la légère. Je veux que tu sois une salope avec moi au lit – ma petite salope. Mais je sais aussi que cette partie de toi est réservée à notre intimité. Tu peux porter ces deux casquettes avec moi, Paige. Je te promets que tu pourras explorer tes envies avec moi sans aucun risque. Ce serait un privilège.

Je le fixai du regard en digérant ses paroles, prononcées par une langue experte – à bien des égards. Pas étonnant qu'il figurait parmi les meilleurs avocats de Californie.

****

Grant

Au lieu de répondre, Paige se redressa et vint m'embrasser tendrement tout en posant une main sur ma nuque afin de me rapprocher d'elle. Ce fut alors que je réalisai un détail important : je me devais de lui faire l'amour, et non pas simplement la baiser comme prévu au départ.

Ensuite, comme depuis le début de la soirée, l'ancienne directrice de l'association de parents d'élèves me surprit en me faisant m'allonger sur le dos pour me chevaucher. J'acceptai donc de lui laisser les commandes, ce qui, je pense, l'excitait tout autant que moi. Une surprise de plus, mais je n'étais plus à ça près.

Paige se pencha ensuite sur moi et se mit à m'embrasser le cou tandis que ses hanches remuaient contre ma queue. Puis elle se balança d'avant en arrière alors que sa bouche s'occupait de mes tétons – sa langue tournoya auteur d'eux sans se presser. Pendant ce temps, sa chatte ne cessait de me torturer sans pour autant me faire entrer.

Elle était complètement trempée. Être aux commandes l'excitait, manifestement. Dès lors que j'essayais de la toucher ou de me positionner pour plonger en elle, Paige arrêtait ses manœuvres et me regardait d'un air sévère jusqu'à ce que j'abandonne.

Une sensation inédite et merveilleuse pour moi ; être au centre de l'attention d'une femme. Je ne m'étais jamais douté que j'aimerais qu'on me lèche les tétons – dans mon esprit, les hommes n'étaient pas très sensibles à cet endroit. Je n'avais simplement pas eu la chance qu'on me rende la pareille. C'était érotique et délicieusement sensuel. Et lorsque Paige se servit d'un de ses tétons durcis par le désir pour caresser le mien ? L'extase.

Ma queue se mit à me faire souffrir tant mes envies grandissaient. Il me *fallait* plonger en elle. Je lui saisis donc les hanches en m'attendant à ce qu'elle me réprimande à nouveau mais, cette fois-ci, Paige me regarda dans les yeux tout en se laissant retomber sur moi.

Et je me trouvai projeté au paradis. Plus jamais je ne quitterais sa chatte si accueillante, décidai-je.

Je craignis de bouger d'un millimètre car j'étais déjà sur le point d'exploser, puis Paige Hayes se mit à me chevaucher à la manière d'un taureau tout en remuant les hanches alors que son dos se cambrait de la plus séduisante des façons. Elle empila ses cheveux blonds au-dessus de son crâne et ferma les yeux, consumée par cet instant et je dus l'imiter – faute de quoi, je risquais d'en finir trop vite. Hélas, je désirais également ne pas rater une seule miette du spectacle que m'offrait Paige.

— Tu es la femme la plus sexy que j'aie jamais vue.

Elle baissa les yeux sur moi et sourit avant de se mordiller la lèvre en traçant des cercles sur mon torse telle une actrice porno.

Il fallait qu'elle arrive très rapidement au septième ciel car je n'allais pas tarder à y faire irruption moi-même. Ainsi, je portai une main entre nous pour jouer avec son clitoris à l'aide de deux doigts. Paige se pencha en arrière, les mains sur mes cuisses, et s'ouvrit à mes caresses. Dieu que ce fut excitant.

Le rythme de ses hanches s'affola et je la sentais devenir de plus en plus humide tandis que son corps tout entier rougissait.

— Voilà, bébé. Sers-toi de ma queue.

J'augmentai alors la pression sur son bouton gonflé par le plaisir jusqu'à ce qu'elle se mette à gémir de plus en plus fort. La belle ne tarderait pas à jouir et je luttais de toutes mes forces pour l'attendre.

Dieu merci, son corps commença à trembler à tout va et je lui tins les hanches tout en me laissant enfin aller face à mes pulsions. Je franchis les portes de l'extase quelques secondes après Paige.

Elle s'effondra ensuite sur moi et je la pris dans mes bras d'une façon très possessive. Son cœur et le mien battaient à tout rompre tandis que nous gardions le silence, l'un contre l'autre et ne formant plus qu'un.

Je finis par ramollir et lui embrassai les cheveux avant de murmurer :

— Tu es magnifique.

Puis je lui soulevai le cul afin de pouvoir me relever pour trouver une serviette, mais Paige ne bougea pas d'un pouce.

— Laisse-moi juste rester là quelques minutes de plus, chuchota-t-elle contre mon torse.

Il n'en fallut pas plus pour que nous tombions tous les deux dans les bras de Morphée.

Chapitre Cinq

Paige

Je me réveillai, un bras autour de la taille, et un corps chaud et nu contre mon dos. Les événements de la veille me revinrent à l’esprit et je fus légèrement surprise de ne pas ressentir le moindre regret.

Je sentis ensuite des lèvres contre mes cheveux et la voix de Grant, rauque de sommeil, murmura :

— Joyeux Noël, Paige.

Puis son bras vint me serrer un peu plus fermement.

— Mmm, joyeux Noël, répondis-je en souriant avant de rouler vers lui pour me blottir contre son torse.

Une partie de moi se demanda quelle heure il était et si nous avions le temps de recommencer nos petites affaires avant de nous lever.

— Je devrais sans doute me lever et te laisser tranquille, murmura Grant.

— Tu es obligé ? demandai-je d’un air plaintif.

Je sentis son torse vibrer lorsqu’il rit.

— Je dois rentrer et me préparer pour passer prendre mes enfants. D’ailleurs, je croyais que tu devais faire un brunch ?

Ah, oui, les brunchs des vacances – qui commençaient le matin du Nouvel An et qui duraient jusqu’à Noël. Je prépare des brunchs pour toutes les occasions. Je l’ai toujours fait, même avant la naissance des enfants – même après le divorce et le départ de Stella et Chad. Je le fais toujours s’ils sont à la maison ; parfois même lorsqu’ils n’y sont pas.

Mes amies m'ont toujours demandé pourquoi et mon instinct est de répondre : « Par tradition. » En vérité, les fêtes et les vacances ne sont tout simplement plus les mêmes. Continuer mes brunchs était une tentative de me redonner goût à la vie – ou à de bons petits plats, à défaut. Ma vie se résumait à être une épouse, une mère et une maîtresse de maison – et j'étais plutôt douée. Grâce aux déboires de Scott, j'ai pu dire adieu au rôle d'épouse et me suis donc raccrochée aux deux autres.

Néanmoins, la présence de Grant et de son corps d'Apollon dans mon lit en ce matin de Noël ne me donnait pas vraiment envie de préparer quoi que ce soit à manger. Pourtant, son agitation était palpable et je me vis assez contrariée par le fait qu'il semblait nerveux à l'idée de devoir rester.

— Oui, bien sûr, je dois démarrer mes préparations, dis-je en m'éloignant de lui sans le regarder.

Je fus ensuite prise par l'envie de me couvrir le corps avec l'une des couvetures avant de me rendre dans la salle de bain.

Je fermai la porte derrière moi tandis qu'un sentiment de honte et de vulnérabilité s'emparait de moi. Le miroir me fit remarquer mes joues rouges – je devais me retrancher sous ma carapace.

Rapidement, je me lavai le visage et me brossai les dents avant de nettoyer les restes de nos ébats encore présents sur mes jambes. J'arrangeai ensuite mes cheveux dans un chignon pour le moins modeste et enfilai un pantalon de designer noir, un pull rouge à col bénitier et des escarpins noirs. Je choisis de compléter ce look avec un collier en or aux allures festives avec son étoile de Noël rouge, des boucles d'oreilles assorties, et un soupçon de mon parfum préféré. Puis vinrent le mascara et l'eyeliner, un brin de blush et de rouge à lèvres teinte rubis. Me voilà enfin prête à arborer mon rôle de maîtresse de maison.

Je n'étais pas certaine quant à ce à quoi je devais m'attendre en quittant la salle de bain, puisque je n'avais jamais ramené un homme chez moi auparavant. La partie de moi qui souhaitait protéger mon égo partit simplement du principe qu'il serait parti – en laissant un mot, peut-être. Cela aurait été le plus simple. Nous n'aurions pas de conversation gênante en se promettant de remettre ça alors qu'il n'en avait aucune envie.

Je remarquai ensuite qu'il avait pris la peine de faire le lit et un sourire se forma sur mon visage. J'appréciais cette petite délicatesse et résista à l'envie de réajuster les oreillers vert et bleu.

— Ah, c'était gentil de sa part, murmuré-je à voix haute tout en m'approchant du pied du lit.

Puis je fus prise de court et bondit presque en voyant Grant, assis dans l'un des fauteuils en cuir dans le coin de la chambre, les jambes croisées et un regard amusé lancé dans ma direction. Je me serrai la poitrine en m'exclamant :

— Tu m'as fichu la trouille ! Je te croyais déjà parti.

Il fronça les sourcils tout en se levant pour s'approcher de moi.

— Sans te dire au revoir ?

— Je... euh... commençai-je en attrapant mon collier comme s'il était fait de perles avant de jeter un regard aux alentours pour enfin croiser ses yeux. Je ne savais pas vraiment à quoi m'attendre. Je n'ai jamais fait ça, avant.

Grant me caressa gentiment la hanche avec le pouce.

— Tu n'as pas besoin d'expérience pour savoir que si j'étais parti comme un voleur, ça ferait de moi un goujat. Et je n'en suis pas un, Paige.

— Je sais, murmuré-je en baissant les yeux.

Il me releva le menton pour que je n'aie d'autre choix que de soutenir son regard.

— J'ai passé une très bonne soirée avec toi. La meilleure de ma vie.

— Moi aussi.

Je retins alors mon souffle car allait venir le : « mais ma vie est trop compliquée pour le moment. »

— On dîne toujours ensemble demain ? demanda Grant.

Ma surprise dut être aussi évidente que mon sourire quand je répondis :

— Oui, bien sûr. Quand et où ?

— Je vais voir si je peux nous réserver une table chez Figurino pour dix-huit heures trente. Je passerai te prendre une demi-heure avant ?

— Ça marche, oui.

Il me déposa un baiser sur le front.

— Je ne me suis pas brossé les dents, donc ne m'en tiens pas rigueur.

J'étais sur le point de lui dire que ça n'avait aucune importance, mais il me prit la main et ajouta :

— Raccompagne-moi à la porte.

Alors que nous nous tenions devant l'entrée, je n'étais nullement pressée de le chasser. Avec un doux baiser sur le point sensible entre mon oreille et mon cou, Grant murmura contre ma peau :

— Tu es une femme très sexy, Page Hayes. J'ai hâte de passer davantage de temps avec toi.

Des papillons m'envahirent l'estomac et mes orteils se courbèrent dans mes escarpins tandis qu'il insufflait un désir inouï en moi. Il me donnait le sentiment d'être désirable – moi, la femme au foyer qu'on avait trompée avec une jeunette. D'ailleurs, je ne pense pas que cette fille ait été la première. Sa grossesse avait simplement empêché Scott de me la cacher.

Sentant le courage m'inonder les veines face à cette nouvelle perception de moi-même, je posai une main sur sa queue par-dessus son pantalon et ronronnai à son oreille :

— À demain, alors. Joyeux Noël.

****

Grant

Impossible de me rappeler comment je suis rentré à l'appartement. Sur le trajet du retour, je ne pouvais penser qu'à une chose : la merveilleuse soirée que je venais de passer. Quelle chance, quand j'y pense, qu'une femme aussi fantastique ait choisi de s'asseoir à côté de moi pour démarrer la conversation – au moment où je m'y attendais le moins.

Paige voulait être une vilaine salope. Ses aveux m'avaient fait sourire et n'avaient pas manqué de faire réagir une autre partie de mon corps. Je doute que l'idiot qui lui servait d'ex-mari avait un jour réfléchi à l'idée d'explorer sa sexualité, mais je pressentais qu'elle deviendrait une véritable force de la nature en découvrant toute la sensualité qui se cachait en elle. Et j'étais justement l'homme qui allait le lui faire découvrir.

Cet après-midi chez mes parents avec mes enfants se révéla légèrement décevant. Bien sûr, nous passâmes un bon moment autour des cadeaux et du dîner, mais tout était si étrange. Je n'avais pas été présent lorsqu'ils étaient descendus de l'étage. Plus jamais nous ne serions tous habillés de pyjamas assortis. Vers la fin du mariage, Susan et moi nous regardions à peine – et nous parlions encore moins – mais faisions toujours un effort pour les enfants. Voir leurs sourires au petit matin en avait valu la peine. Hélas, j'avais réalisé en passant les prendre que Noël ne serait plus jamais comme avant.

Pourtant, je venais de passer un réveillon d'enfer dans le lit d'une femme passionnée et passionnante. Une femme qui ne me haïssait pas jusqu'à la moelle et avec qui je prenais un réel plaisir à discuter. Et Paige me *désirait* – impossible de se tromper en voyant les réactions de son corps. Ce jour-là, je ne pus m'empêcher de penser à elle, un sourire sur les lèvres.

Jamais je ne serais capable d'attendre le lendemain pour la revoir.

Je sortis donc mon téléphone afin de lui dire que je pensais à elle avant de me rendre compte que je n'avais jamais pris son numéro.

La boulette de l'année.

Chapitre Six

Paige

— Tu as dû bien t'amuser à ta soirée hier, déclara ma fille Stella en sortant mes assiettes de Noël en porcelaine du placard afin de mettre la table. Ton sourire ne t'a pas quittée depuis notre arrivée.

Je posai un petit pichet en céramique rempli de sirop d'érable sur la table et lui lançai un sourire timide.

— Je suis simplement contente de vous voir pour Noël.

Ma fille secoua la tête, un rictus suspicieux sur les lèvres.

— Non, ce n'est pas ça. Il s'est passé quelque chose hier soir.

— La soirée était sympa. Je suis contente d'y être allée.

Stella plissa alors les yeux.

— Tu as rencontré quelqu'un ?

— Quoi ? Qu'est-ce qui te fait dire ça ? demandai-je en riant nerveusement alors que je réarrangeais les fleurs au centre de la table.

Ma fille me posa une main sur le bras afin de m'interrompre.

— Maman. Ce ne serait pas un problème, tu sais. Te trouver un nouveau compagnon te ferait du bien. Chad et moi voulons simplement que tu sois avec un homme qui te rend heureuse et qui te traite comme tu le mérites.

Je me retournai afin qu'elle ne voie pas les larmes s'amonceler dans mes yeux. Les enfants avaient eu droit à des places aux premières loges de mon humiliation, avec les compliments de leur père, mais je n'avais pas réalisé que j'étais encore méfiante vis-à-vis des rencontres – par crainte qu'ils ne le vivent pas bien.

— J'ai effectivement rencontré un homme qui m'emmène dîner demain, expliquai-je doucement, un sourire satisfait sur le visage.

— Mon Dieu, c'est génial ! s'exclama Stella en déposant les assiettes sur la table. Qui c'est ? Qu'est-ce qu'il fait dans la vie ? Il est de San Diego ?

— Il s'appelle Grant Carson. C'est l'un des associés éponymes de Carson, Burns, Sterling & Cooper.

Ma fille leva un sourcil.

— Ce n'était pas ton avocat ?

— *Grant* n'était pas mon avocat. C'était l'un de ses associés. Je ne l'avais jamais rencontré avant hier soir.

— Et vous avez déjà un rencard ensemble, dit-elle en souriant. Papa va l'avoir mauvaise quand il l'apprendra. Bien fait pour lui.

En effet, mais je trouvai intéressant de ne plus être affectée par ce que mon ex-mari pouvait bien penser de la situation. Il avait fait son choix – qui impliquait une épouse dans la vingtaine et un bébé de deux ans. Grâce au cabinet de Grant, un très gros chèque m'était versé tous les mois et me permettait ainsi de tout rebâtir de zéro avec quelqu'un.

Peut-être quelqu'un comme ce bel avocat ?

Je secouai la tête tout en revenant dans la cuisine et me mis à verser ma préparation pour pancakes dans la poêle. Il était bien entendu trop tôt pour penser à une telle chose. Grant et moi avions passé un bon moment à la soirée d'hier – qui s'était terminée par la meilleure baise de ma vie, mais... son divorce était bien plus frais que le mien. J'étais certaine qu'il voudrait profiter un peu de sa vie de célibataire avant de réfléchir à se poser à nouveau.

Je comptais donc profiter de sa compagnie – et de son corps – autant que possible. Enfin, pensai-je en fronçant les sourcils, je devrais lui demander de ne pas coucher avec d'autres femmes en parallèle.

Mon Dieu. Avais-je même le droit de lui formuler une telle demande ?

Oui, raisonnai-je. Dès lors que nos rapports ne sont pas protégés, il s'agit d'une condition *sine qua non*. Je suis peut-être nouvelle sur le marché de la séduction, mais il n'est pas question d'accepter quoi que ce soit qui puisse me mettre en danger – peu importe si cela m'empêche de trouver un partenaire. Je pouvais me montrer inflexible, sur certains sujets.

— Et voilà que tu fais la tête, maintenant, déclara Stella en gloussant alors qu'elle sortait l'argenterie du tiroir.

— Je crois que je viens de me rendre compte que les rencontres à mon âge, c'est compliqué. Je ne sais pas du tout quelles sont les règles à suivre, de nos jours.

— C'est compliqué à *tout* âge, Maman. Tu ne le réalises que maintenant ?

— Non, avouai-je, spatule à la main. J'ai dû le savoir, ce pourquoi je n'ai même pas songé à rencontrer un homme jusqu'à présent.

Les mains pleines de couverts, ma fille referma le tiroir d'un coup de hanche.

— Grant doit être spécial pour que tu changes d'avis sur la question.

— Il se pourrait qu'il le soit, murmurai-je en retournant les pancakes. Mais il est encore trop tôt pour le dire.

Il ne quitta pas mon esprit de la journée et je me réprimandai plus d'une fois après m'être laissé emporter dans mes rêveries. Selon mes amies célibataires, fréquenter un homme était tout sauf sérieux, à notre époque. Il ne s'agissait que de plaisir charnel, sans attentes, ni rêves, ni espoirs.

Mais nous allions nous revoir. Cela devait signifier autre chose qu'un banal coup d'un soir, non ?

Chad venait tout juste de démarrer *Christmas Story*, le troisième film de notre marathon annuel, lorsque l'on sonna à la porte.

— Sans doute les D'Amato, dis-je en me levant du canapé. Paulette m'a dit qu'ils passeraient réciter des chants de Noël ce soir.

J'ouvris donc la porte en m'attendant à les voir et me retrouvai nez à nez avec l'Apollon qui refusait de quitter mes pensées, debout devant moi et le sourire aux lèvres.

— Salut, déclarai-je doucement depuis l'embrasure.

Sans un mot, il se rapprocha et prit mon visage entre ses mains tout en me cherchant du regard – me donnant ainsi l'occasion de l'arrêter si tel était mon souhait. Ses lèvres s'écrasèrent ensuite contre les miennes.

Mes bras vinrent s'enrouler autour de son cou tandis que son goût, son odeur et ses mains me submergeaient les sens de la meilleure des façons.

— Je n'ai pas pu te sortir de ma tête, haleta-t-il une fois le baiser rompu. Toute la putain de journée... tu étais dans mes pensées. Je ne pouvais pas attendre jusqu'à demain pour te revoir. Je devais venir ce soir.

Je jetai alors un regard en direction du salon, espérant que mes enfants étaient trop envoutés par le film pour remarquer qu'aucun chant de Noël n'était récité – j'espérais également qu'ils n'avaient pas entendu les aveux de Grant.

— Retrouve-moi dans ma chambre, murmurai-je en pointant le salon du doigt. Je vais dire aux enfants que je suis fatiguée et que je vais au lit.

Il se passa une main dans les cheveux.

— Merde, Paige. Désolé de m'imposer, dit-il à voix basse. Je ne sais pas ce qui m'a pris.

Grant me lança un sourire penaud et ajouta :

— Eh bien si, en fait. Malheureusement, on peut dire que je pensais comme un gland.

— Non. Je suis contente de te voir. J'ai pensé à toi toute la journée, aussi.

Je l'embrassai alors tendrement en m'appuyant contre lui avant de murmurer à son oreille :

— Je te retrouve en haut dans une minute.

Grant déglutit lourdement et hocha la tête. Ses mains vinrent me caresser les hanches avant qu'il ne s'éloigne lentement.

J'attendis qu'il arrive en haut des escaliers, puis je revins dans le salon faiblement éclairé. *What I want for Christmas* débutait dans le film lorsque j'entrai pour annoncer que les chants de Noël m'avaient donné un horrible mal de tête et que j'allais au lit.

Chad et Stella froncèrent les sourcils.

— Je ne les ai même pas entendus, dit mon fils. Tu as mal à la tête ?

— Oui. Pourquoi ?

Stella sourit.

— Parce que tu n'as pas pour habitude de sourire jusqu'aux oreilles quand tu as mal à la tête, Maman. Aussi, ton rouge à lèvres ne s'étale pas partout comme par magie à l'écoute des chants de Noël.

Sans même m'en rendre compte, je m'essuyai la bouche et le menton.

— Oh oh, ajouta Chad en souriant. J'espère que ta tête ira mieux. Assure-toi de prendre un ibuprofène.

— Oui. Bonne nuit, dis-je en tournant les talons en m'efforçant de ne pas me ruer dans les escaliers.

— N'oublie pas de te protéger ! s'exclama Stella en caquetant. À demain ! Mais pas trop tôt.

Non, pas trop tôt. J'allais avoir besoin d'une grasse matinée.

Chapitre Sept

Grant

Impossible de résister.

Après avoir déposé les enfants chez leur mère, ma Mercedes dut entrer en pilote automatique et me mena directement chez Paige. J'avais enfin trouvé un peu de couleur dans mon monde si beige et j'en voulais plus. Bien plus.

Je ne sais pas ce qui m'a pris – elle avait ses enfants pour Noël et je dérangeais leur moment en famille. Je me disais que je pourrais l'embrasser une ou deux minutes, peut-être boire un café... Tout pour passer un peu de temps avec elle.

Et lui demander son fichu numéro de téléphone.

Heureusement pour moi, Paige sembla partager mon enthousiasme et nous étions maintenant redevenus des adolescents en rut.

Pour être honnête, me faufiler dans sa chambre était assez excitant.

— Nous ne devons pas faire de bruit, murmura-t-elle en entrant dans la chambre avant de fermer la porte à clé.

Je lui souris.

— Je ne peux pas te promettre que je n'essaierai pas de te faire hurler comme hier soir. C'était super sexy.

— J'imagine que je vais devoir me coller un oreiller au visage parce que si tu me fais ce que tu m'as fait hier...

Elle trembla alors d'un air théâtral.

Ce fut donc à pas de loup que je m'approchai du pied du lit où elle se tenait pour lui poser une main sur la hanche tout en passant l'autre dans son dos afin de libérer ses cheveux de l'épingle qui les retenait. Paige secoua doucement la tête et sa chevelure blonde tomba en cascade le long de ses épaules.

— Tu es si belle, murmurai-je en fixant ses lèvres du regard.

— Merci.

Son sourire poli semblait indiquer qu'elle ne me croyait pas vraiment.

Je me penchai donc en avant pour capturer ses lèvres avec les miennes, d'abord en la taquinant légèrement, puis en approfondissant le baiser pour autoriser ma langue à explorer sa bouche. La sienne vint me rencontrer et je la serrai plus fermement tout en la tirant contre moi.

— Tu es beaucoup trop habillée à mon goût, murmurai-je dans son oreille.

Paige posa alors une main sur la bosse qui se dessinait sous mon pantalon.

— Je pourrais te dire la même chose.

— Je vais t'aider, dis-je en attrapant l'ourlet de son pull.

Je le tirai ensuite lentement en essayant de ne pas lui ébouriffer les cheveux. Son soutien-gorge noir en dentelle fut une bien belle surprise.

— Très sexy, ajoutai-je d'un air taquin alors que je passais un doigt le long de sa peau, à la jonction du tissu. Tu attendais quelqu'un ?

Paige se mordit la lèvre comme une véritable succube tout en secouant la tête.

— Non. J'espérais simplement que tu reviennes me prendre.

Après un grognement, je l'embrassai à nouveau. Sa peau soyeuse me donna des décharges électriques dans les paumes alors que je les approchai de sa taille. Elle s'occupa alors de ma ceinture, puis de ma braguette. Sans perdre une seconde, Paige glissa sa petite main chaude dans mon boxer et me massa le manche.

— Putain, Paige, gémis-je contre sa bouche en saisissant son pantalon noir. Bébé, tu vas devoir te déshabiller et t'installer dans le lit, ou je vais te baiser contre le mur – et ça ne se fera pas en silence.

Elle retira la main de mon boxer, ôta rapidement le reste de ses vêtements, tout comme moi, et sauta immédiatement sous la couette. La belle avait peut-être froid, mais il était plutôt question d'une certaine pudeur, selon moi – chose que je n'allais pas laisser passer.

****

Paige

Grant était complètement nu lorsqu'il tira la couette et je dus lutter contre l'instinct de me couvrir avec mes mains. Ses yeux emplis de désir me dévorèrent de la tête aux pieds.

— Mon Dieu, que tu es splendide, putain, dit-il d'une voix rauque.

Avait-il seulement conscience de son physique ? Sa queue délicieuse tressautait légèrement tandis que son corps ferme et musclé, lui, restait contracté. Il était évident que Grant prenait soin de lui et j'appréciais grandement le résultat.

Je décidai donc d'accepter son regard lascif et de me cambrer tout en tentant une pose pour le séduire, les genoux pliés au-dessus du lit. Que dit-on, sur la confiance en soi ? Je comptais au moins faire semblant d'en avoir.

Ce qui dut fonctionner, puisque Grant vint ramper entre mes cuisses, le visage niché contre ma chatte. Il m'écarta les lèvres avec deux doigts et murmura :

— Ma douce, tu es si trempée pour moi.

Un de ses doigts vint ensuite se balader le long de ma fente et je ne pus que gémir doucement en réponse, inquiète que les enfants nous entendent. Pourtant, j'appréciais les mots de Stella concernant un homme qui me rendrait heureuse – chose que Grant faisait parfaitement.

— Mets-toi à l'aise, bébé, et prépare ton oreiller. Tu vas en avoir besoin. Sûrement deux ou trois fois avant que j'en aie fini avec toi.

Sa langue commença ensuite à explorer mes plis avec entrain et un léger gémissement s'échappa de mes lèvres. Scott avait abandonné le sexe oral avec moi après environ un an de mariage ; ainsi, avoir la bouche d'un homme entre mes cuisses et prendre du plaisir était assez étranger pour moi. Et si excitant. J'eus l'impression d'être désirée et sensuelle.

— Dieu que tu es bonne, gémit Grant avant que sa langue n'aille trouver mon clitoris.

Il le prit entre ses lèvres jusqu'à ce que doive saisir un oreiller afin d'étouffer mes cris de plaisir.

— Mon Dieu, ouiiiiiii, dis-je contre le tissu de soie alors que je le poussais contre ma bouche à deux mains.

Je ressentis le gémissement de Grant, sans vraiment l'entendre, ce qui me fit écarter davantage les cuisses pour lui. Sans perdre une seconde, il plongea un doigt en moi tout en accélérant le rythme de sa langue. Mon corps surchauffa rapidement tandis que l'orgasme se préparait au fond de mes entrailles et je contractai instinctivement le ventre. Grant introduisit un deuxième doigt et tira mon clitoris entre ses dents, ce qui me fit me cambrer au-dessus du lit.

— Oh oui, putain ! haletai-je dans l'oreiller alors que l'extase dévorait toutes les fibres de mon être.

Il ne s'arrêta pas avant que mon corps ne cesse de trembler et que je ne resserre les jambes.

— Ça suffit ! m'écriai-je en gloussant alors que l'oreiller tombait sur le lit.

Puis je me collai immédiatement une main sur la bouche. Grant rampa sur moi en souriant et s'arrêta en chemin pour me sucer un téton tandis qu'il massait l'autre sein. Il alterna ensuite.

— Tu me rends dingue, Paige Hayes, ronronna-t-il doucement.

En guise de réponse, j'ajustai mes hanches sous les siennes afin que sa queue s'aligne parfaitement avec moi, et donnai un coup pour l'inviter à entrer. Il me remplit alors et je dus lui mordre l'épaule pour contenir mon gémissement tout en m'accrochant à lui.

— Ta chatte est si bonne, putain, grogna-t-il en se mouvant lentement en moi.

J'enroulai ensuite les jambes autour de sa taille et Grant plongea plus profondément dans mes entrailles tout en me regardant droit dans les yeux. C'était très érotique et je le dévorai du regard en retour sans vergogne, alors même que ma bouche s'ouvrait puisqu'il venait de toucher le point *mythique*.

— Mmm, voilà, bébé. Encaisse bien ma queue.

Je gémis de plus belle et fermai les yeux, m'autorisant ainsi à me perdre dans le plaisir en ne me concentrant que sur les sensations que Grant me procurait.

Du missionnaire, il passa à une position plus reculée, sur les genoux, et me caressa le clitoris tout en continuant à me baiser. Jamais mon ex-mari ne s'était montré aussi attentif à mon plaisir et ma propre excitation était palpable.

— Allez, Paige. Jouis sur ma queue, murmura-t-il pour m'encourager alors qu'il me caressait de plus en plus vite. Jouis sur ma putain de queue, ma douce.

Mon corps tout entier se crispa avant de se détendre lorsque l'orgasme me frappa de plein fouet. Grant regagna ensuite sa position initiale et se mit à me baiser plus fort et plus vite tandis que je me débattais toujours avec les vagues de plaisir qui déferlaient sur moi. Des grognements graves s'échappèrent de ses lèvres jusqu'à ce qu'il gémisse d'un coup en se nichant au plus profond de moi pour s'y déverser, un jet après l'autre.

Ses bras se trouvaient de chaque côté de mon visage et il se blottit contre mon cou alors que sa queue demeurait dans mes entrailles. J'adorais cette sensation intime et unique et je lâchai un soupir contenté.

— Je crois que je pourrais passer la nuit dans cette position.

Grant ricana.

— Même si j'aimerais beaucoup, je crois que tu encenses grandement mes performances.

Au même moment, sa queue ramollie glissa hors de moi et je sentis son foutre sur mes cuisses.

— J'arrive, dit-il en me lançant un clin d'œil avant de revenir deux secondes plus tard avec une serviette.

Au lieu de me la jeter au visage, à la manière de Scott, il s'agenouilla près de moi et me nettoya lui-même avec grand soin avant de s'en débarrasser dans le panier.

Il ramena ensuite les couettes sur nous et me prit dans ses bras.

— À quelle heure dois-je partir ? Je vais mettre un réveil.

Même si j'étais très reconnaissante de sa délicatesse et du fait qu'il ne voulait pas que mes enfants nous surprennent au lit, je n'étais pas certaine d'apprécier l'idée qu'il s'en aille avant le petit-déjeuner.

Face à mon silence, Grant demanda :

— Tu veux que j'y aille maintenant ?

— Mon Dieu, non !

— Alors, quelle heure ?

J'hésitai à nouveau.

Je sentis le sourire qu'il avait sur les lèvres lorsqu'il ajouta d'une voix traînante contre mon oreille :

— Je pense simplement à toi, bébé. Je ne sais pas comment tu expliquerais ma présence demain matin.

Avec un soupir, je murmurai :

— Je sais. J'imagine que sept heures trente devraient le faire. Ils ne se lèvent jamais avant neuf heures.

Grant saisit son téléphone, posé sur ma table de nuit, et pianota dessus avant de le reposer pour me serrer contre lui.

— Endors-toi. J'ai réglé le réveil pour six heures. Comme ça, je pourrai te faire l'amour avant de partir.

Je lui souris en fermant les yeux alors que je me blottissais contre lui. J'aimais cette idée – beaucoup, même. Presque autant que m'endormir dans ses bras pour la deuxième nuit d'affilée.

Chapitre Huit

Paige

Grant me réveilla effectivement à six heures, mais au lieu de baiser à nouveau comme des bêtes, nous parlâmes tout en restant blottis l'un contre l'autre. Ce fut très plaisant. Nous semblions avoir beaucoup en commun et je passai un très bon moment tout en apprenant à le connaître. Le fait que nous soyons restés nus ne rendit la conversation que plus agréable.

Je sais que j'aurais dû apprendre à le connaître *d'abord,* avant de me retrouver nue avec lui. Enfin, c'est ce que j'ai toujours cru qu'il était bon de faire, lorsqu'on était une personne normale. Quand je jouais encore à la parfaite épouse du docteur, je partageais effectivement cette conception des choses. Il est assez amusant de voir comment un divorce et un âge avancé changent radicalement nos perceptions de la vie.

Lorsque l'heure du départ approcha pour Grant, je lui caressais les bras du bout des doigts et dit d'un air taquin :

— Peut-être que tu amèneras des vêtements, lors de ta prochaine nuit ici. On pourrait prendre une douche ensemble.

Sa main arriva sur un de mes seins et je sentis sa queue se raidir contre mon derrière tandis que Grant se blottissait dans mes cheveux.

— J'adorerais te baiser dans la douche. Je ferais mieux de garder un sac de voyage dans la voiture, au cas où.

Cela me fit sourire – mais une grimace arriva lorsque je jetai un coup d'œil à l'horloge.

Après un soupir, je répondis à voix basse :

— Les enfants retourneront à l'université la semaine prochaine et nous n'aurons plus à nous cacher.

Je fermai ensuite les yeux. Était-ce présomptueux de ma part ?

— Enfin, si on continue toujours la semaine prochaine.

— J'espère bien, répliqua Grant. Je suis plutôt fan de ce qu'on fait ensemble, et si on doit se faire discrets pour une semaine, ainsi soit-il. Le secret et le tabou, c'est assez excitant.

— Merci de ta compréhension.

— Hé, je te comprends. J'ai des enfants, moi aussi. Et c'est *moi* qui *te* ferai entrer en douce quand je les aurai en weekend.

Ses enfants étaient plus jeunes – ce qui allait compliquer bien des choses. Comment notre relation allait-elle fonctionner ? Même avec des enfants adultes, je n'étais pas certaine de comment manœuvrer. Mais avec de vrais enfants ? Qu'allions-nous leur dire ?

Enfin, je m'emballais pour rien.

— Toujours partante pour ce soir ? demanda Grant en me ramenant au présent.

Je me glissai hors de son étreinte et me redressai, la couette autour de mon buste tandis qu'il se levait pour s'habiller.

— Dix-huit heures, c'est ça ?

Grant boutonna son pantalon et se pencha pour me déposer un baiser sur le front.

— J'ai hâte.

Le regarder nouer ses chaussures m'emplit d'une certaine mélancholie – je ne voulais pas qu'il parte. Je voulais passer davantage de temps avec lui. Hélas, les enfants seraient bientôt debout et je n'étais pas exactement prête pour la conversation qui s'en suivrait.

Avec un soupir, je murmurai :

— Laisse-moi m'habiller et je te raccompagne en bas.

Peut-être devrais-je simplement le présenter à Chad et Stella. Ils étaient tous les deux adultes, après tout – ils pouvaient supporter la présence d'un invité.

Non. Non. Il était beaucoup trop tôt. Enfin, Stella savait que j'avais un rendez-vous avec lui ce soir – Chad aussi, donc. Les deux étaient devenus copains comme cochons depuis le divorce. Néanmoins, je pensais également à Grant. Je ne voulais pas vraiment l'effrayer en lui demandant de rencontrer mes enfants aussi vite. Tout comme à l'adolescence, je n'aurais pas été à l'aise avec l'idée de présenter un garçon à mes parents aussi rapidement.

Mince, les rencontres étaient compliquées – à tous les âges.

****

Grant

Je me garai dans l'allée de Paige à précisément six heures moins cinq et attendis quatre minutes et cinquante-neuf secondes pour sortir, fleurs à la main, afin de me rendre sous le porche et sonner à la porte. Mon cœur s'arrêta lorsqu'elle m'ouvrit – toujours aussi belle, avec ses cheveux blonds détachés qui lui arrivaient aux épaules. Paige était vêtue d'un pull rose en cachemire, d'une jupe couleur crème lui arrivant juste au-dessus du genou, ainsi que d'une paire d'escarpins assortis. Elle était élégante, classe, et séduisante – trois en un.

Et elle se trouvait devant *moi*.

— Salut, dit-elle avec un sourire éclatant sur les lèvres.

— Tu es magnifique, répondis-je en me penchant pour lui déposer un baiser sur la joue.

— Toi aussi.

— C'est pour toi, ajoutai-je avant de lui tendre le bouquet composé de roses rouges et de callas blanches.

Paige porta les fleurs à ses narines, ferma les yeux, et prit une profonde inspiration.

— Waouh, merci, Grant. Je ne sais même pas à quand remonte la dernière fois où on m'a offert des fleurs.

Son ex-mari était un abruti de première.

Bien entendu, je me doute qu'on pensera la même chose de moi lorsque Susan trouvera un nouvel homme. Nous avons au moins eu la décence de ne pas être allés voir ailleurs, malgré le ressentiment que nous cultivions l'un pour l'autre – enfin, notre contrat de mariage avait sans doute eu un rôle à jouer là-dedans.

Tout de même, Paige méritait qu'on lui offre régulièrement des fleurs, *sans raison particulière*.

Pourrais-je être cet homme ? me demandai-je. L'idée était séduisante, mais nous avions atteint un âge où l'on ne vivait plus sans traîner un passif derrière nous. Quitte à avoir un boulet au pied, autant trouver quelqu'un qui en a un assorti au nôtre, non ?

Puisque nos enfants n'étaient pas vraiment du même âge, la situation pourrait devenir compliquée pour nous. Mais, en repensant à la sensation que m'avait procuré son corps ce matin dans le lit, je décidai que je me devais de tenter ma chance. Paige et moi étions absolument compatibles – sexuellement, financièrement, socialement, et spirituellement.

Bien sûr, il se pourrait que je m'emporte et que la belle ne soit pas sur la même longueur d'onde que moi quant à une relation exclusive.

Enfin, je fus rapidement fixé sur le chemin du restaurant.

— Bon, euh... je ne sais pas trop comment te le dire, donc je vais aller droit au but.

Je jetai un coup d'œil dans sa direction depuis le siège conducteur, peu certain quant à ce qui m'attendait. De nouveau concentré sur ma conduite, je répondis prudemment :

— D'accord.

Après une courte pause, Paige reprit.

— Je ne sais pas si tu fréquentes d'autres femmes, et une partie de moi pense que ce ne sont pas mes oignons, mais le fait est que nous avons des rapports non protégés. Donc, j'imagine que je dois savoir.

Mes yeux revinrent se poser sur elle.

— Je n'ai fréquenté aucune autre femme depuis mon divorce, Paige. Et si je couche avec toi, bien sûr que je ne vais pas coucher avec d'autres.

— Ah, répondit-elle tandis qu'un petit sourire se dessinait sur ses lèvres. Eh bien, tant mieux, car je partage ce sentiment. Je ne coucherai avec personne d'autre non plus.

Voilà un élément de plus à ajouter à la liste de nos compatibilités.

Je me garai donc sur le parking du restaurant et éteignis le moteur avant de me tourner vers elle en souriant.

— Content qu'on ait réglé ce détail.

— Je voulais aborder un autre sujet.

Paige leva les yeux vers moi, un sourire timide sur le visage – semblable à celui qu'elle avait arboré lorsqu'elle m'avait demandé de passer la nuit avec elle après la soirée du réveillon –, puis lâcha d'un coup :

— Veux-tu m'accompagner pour la soirée du Nouvel An ? Il y a une fête à mon country club et j'y vais chaque année depuis vingt ans. C'est sympa. Il y a un dîner, de la danse, du champagne à minuit. Je crois que Scott y sera avec sa nouvelle femme, enfin, on s'en fiche. Je voulais simplement te donner toutes les infos avant que tu acceptes.

Elle prit ensuite une profonde inspiration et me lança un regard empli d'espoir.

Merde.

Chapitre Neuf

Grant

— J'aimerais beaucoup, bébé, mais j'ai déjà quelque chose de prévu avec mes enfants.

— Ah, répondit Page en hochant la tête. Bien sûr, c'est logique. J'oubliais que tes enfants n'avaient pas encore l'âge de sortir avec leurs amis.

J'acquiesçai tout en déglutissant péniblement.

— Dans l'esprit d'une totale transparence entre nous, je dois te dire que je passerai également la soirée en compagnie de mon ex-femme. Nous avons décidé de conserver notre tradition annuelle : un dîner, des jeux de société, et le compte à rebours.

J'avais été complètement sous le choc lorsque Susan m'avait appelé dans l'après-midi pour m'inviter à fêter le Nouvel An en famille. Je m'étais d'abord montré hésitant, pour cette raison, mais il m'avait paru sensé que Paige ait elle aussi des projets.

Son sourire fut forcé lorsqu'elle murmura :

— Ça m'a l'air d'être un bon programme. Je suis certaine que tes enfants apprécieront de vous voir réunis.

Le programme était pourtant bien pathétique. Nous ne formions plus une famille – du moins, pas au sens traditionnel du terme –, et je ne savais pas vraiment pourquoi j'avais accepté la proposition de Susan.

À vrai dire, je crois savoir : je n'avais pas imaginé avoir autre chose à faire que de rester devant la télé pour regarder le compte à rebours tout en me demandant ce que Paige faisait sans moi. De plus, je pensais que des retrouvailles seraient bénéfiques pour les enfants mais, en y réfléchissant davantage, les pauvres seraient sans doute confus.

Malgré tout, mon fils et ma fille s'attendaient à me voir et il m'était donc impossible de faire marche arrière. Cependant, je me devais d'arranger les choses avec Paige.

Nous étions en plein rencard et je venais de lui informer que j'avais des projets avec *ma famille*. On m'avait connu plus subtil.

Je lui pris donc la main.

— Honnêtement, j'étais parti du principe que tu aurais déjà une soirée de prévue lorsque j'ai accepté. Malheureusement, mes enfants savent que je viens, donc...

— Donc tu dois t'y rendre, finit-elle en me serrant la main, un sourire plus sincère sur les lèvres. Je comprends totalement. Le fait que tu veuilles tenir parole est assez séduisant.

Sa remarque fit enfler mon égo. Il était bon que Paige apprécie mes engagements en tant que père – mes enfants comptaient plus que tout à mes yeux. Sans eux, j'aurais demandé le divorce bien plus tôt.

Je me penchai ensuite pour l'embrasser tendrement avant de poser mon front contre le sien.

— Merci de ta compréhension, dis-je. Pour ton information, je ne préférerais rien d'autre que te faire l'amour alors que minuit sonne le premier janvier.

— L'année prochaine, peut-être.

— C'est un rencard.

Il se trouvait que l'idée me plaisait beaucoup.

Chapitre Dix

Paige

Plus je passais de temps avec Grant, plus je l'appréciais. Je me voyais très facilement tomber amoureuse de lui et, en vérité, cela m'effrayait. Mes enfants étaient déjà adultes, alors que les siens entraient dans l'adolescence... Nous n'étions peut-être simplement pas faits l'un pour l'autre.

Mais Dieu que j'aimais sa compagnie. Pas seulement au niveau sexuel, où il était au-delà de toute espérance, mais dans tout le reste. Grant me faisait rire, réfléchir, et me rendait heureuse, en somme.

Je lui avais dit que sa soirée du Nouvel An en famille ne me dérangeait pas – et je n'avais pas menti. Néanmoins, je n'étais pas emballée par l'idée qu'il passe du temps avec son ex-femme ; encore moins puisqu'elle l'appelait désormais tous les jours. Quand nous nous voyions, pour ne rien arranger.

Bien entendu, Grant décrochait à chaque fois... au cas où il y aurait un problème avec ses enfants. Mais la garce lui demandait de l'aide ou des conseils au sujet de broutilles. Elle ne l'aurait jamais appelé pour ce genre de problèmes – avant d'apprendre que je sortais avec lui.

— On dirait qu'elle se montre bien plus collante depuis que les Henderson nous ont vus dîner ensemble, remarqua-t-il en ricanant après avoir raccroché.

Malgré notre brève conversation sur l'aspect exclusif de notre relation, nous ne lui avions pas encore donné un nom. Enfin, nous ne nous connaissions que depuis une semaine, donc je ne m'attendais pas à grand-chose. Néanmoins, je me trouvais plutôt agacée qu'il parle de moi comme de « son amie Paige. »

Son amie.

Voilà le terme que j'employais pour désigner le voisin qui venait toujours m'emprunter des outils, pas la personne dont la bouche s'était trouvée sur mes parties intimes la veille.

Je savais qu'il essayait simplement de se montrer poli, mais cela m'irritait tout de même. Surtout lorsque nous tombions sur des connaissances au détour d'un dîner ou lorsque Grant discutait avec Susan.

D'un autre côté, à quoi m'étais-je attendue ? *Voici mon amante, Paige ?*

Stella et Chad passaient les derniers jours de l'année chez leur père, et ma fille avait accepté de garder sa demi-sœur afin que Scott et sa nouvelle femme – qui n'avait que sept ans de plus que Stella, je le rappelle – puissent se rendre au country club. Celui où j'irais, seule.

Cela ne me dérangeait pas – ce n'était pas la première soirée du Nouvel An à laquelle j'assistais en présence de la nouvelle Mme Hayes. Je dois reconnaître que Scott s'efforçait toujours de faire profil bas lorsque nous nous croisions au même événement. Il n'exhibait pas sa femme comme un trophée devant nos amis – au contraire, il avait au moins la décence d'avoir honte de lui.

Je fus donc surprise de le voir m'approcher au bar, seul.

— Salut, Paige. Tu es ravissante.

Je lui lançai un sourire poli alors que mes yeux le dévisageaient rapidement.

— Merci, toi aussi.

Puis je reportai mon attention sur le barman qui m'apportait un verre de vin.

— C'était sympa d'avoir Stella et Chad à la maison ces dernières semaines.

J'essayai de ne pas froncer les sourcils. Il n'était pas dans les habitudes de Scott de m'approcher en public – et encore moins de me parler –, et nous n'avions pas eu de réelle conversation depuis la remise des diplômes de Chad au lycée.

Enfin, je ne pouvais pas vraiment le blâmer pour ses politesses. J'étais certaine que tous les regards étaient braqués sur nous et je ne comptais pas nous mettre dans l'embarras.

— J'ai adoré, en effet. Je ne sais pas comment je vais faire quand ils repartiront la semaine prochaine.

Néanmoins, je fus incapable de ne pas lui lancer une pique.

— Passer du temps avec Mia chez toi leur a fait très plaisir. Mais ça les a également aidés à comprendre tout le travail que représente un bébé. J'espère donc qu'ils ne se presseront pas pour en avoir.

— Ils se sont montrés très serviables, à chaque fois.

— Whitney a dû apprécier un peu de repos, j'en suis sûre.

Enfin, la jeune maman avait recours à des nourrices en permanence alors qu'elle ne travaillait pas. *Mais cela ne me regarde pas, après tout.*

Scott commanda un gin tonic accompagné de deux tranches de citron vert ainsi qu'une boisson rose servie dans un verre à martini. Pour sa femme, devinai-je. Il but une gorgée de son verre et ajouta doucement :

— Alors, Stella me dit que tu sors avec quelqu'un.

Ah, voilà donc de quoi il s'agit.

— En effet.

Hors de question de lui dire quoi que ce soit de plus.

Il but une nouvelle gorgée de son gin et tenta de paraître nonchalant tout en se penchant contre le bar, le regard tourné vers le reste de la pièce.

— Et, où est-il ce soir ?

Après toutes ces années, Scott avait encore beaucoup à apprendre sur l'art de la subtilité.

— Il passe la soirée avec ses enfants.

Je n'ajoutai pas que son ex-femme faisait également partie du tableau. J'avais tout de même une once de fierté.

— Donc, qui est-il ?

Je m'étouffai presque avec ma gorgée de vin et me posai une main sur la poitrine avant de reposer le verre sur le bar.

— Pardon ? lâchai-je.

— Qui est-il ? L'un de nos amis ? Je veux savoir si j'avais vu juste concernant ceux que je pensais attirés par toi.

Waouh. Quel culot de me dire ça.

J'indiquai son verre d'un geste la main.

— Tu en as bu beaucoup ?

Scott se voyait habituellement doté d'une plus grande audace après son troisième verre. Whitney devrait tenir les comptes et se préparer à le faire rentrer au cinquième.

— Deux. Réponds à la question, Paige.

Je saisis mon verre et concocta la réplique que je lui assènerais avant de partir.

Avec le sourire poli – et complètement faux – que j'avais perfectionné au fil des ans, en tant que la parfaite épouse du *Docteur* Hayes, je sifflai :

— Non pas que ça te regarde, mais tu ne le connais pas. C'est un avocat.

Scott ricana.

— Ah, génial. Voilà que tu traînes avec un pingouin. Laisse-moi deviner, il court après les ambulances pour espérer gagner trois sous ?

Parce que c'est pire que de foutre en cloque une nana de vingt ans qui n'en a jamais eu que pour ton pognon ?

Je fulminais intérieurement mais gardai cette phrase pour moi avant de battre des cils tout en conservant mon sourire.

— Encore une fois, ça ne te regarde pas, mais c'est l'un des associés majeurs d'un des plus grands cabinets du pays. Je doute sérieusement qu'il ait du mal à gagner sa vie.

Traduction : Il gagne plus que toi, connard.

Je savais que cette pique ferait mouche sur Scott. Il avait toujours jugé les gens, non pas sur leurs valeurs ou leurs personnalités, mais sur l'argent qu'ils gagnaient – ou du moins, qu'ils semblaient gagner. Un associé aussi important que Grant devait gagner beaucoup et Scott serait complètement terrassé par l'idée que je sorte avec un homme plus riche que lui.

— Quel cabinet ? demanda-t-il d'un air autoritaire.

Je lui tapotai alors le bras avec condescendance.

— Tu devrais sans doute retourner auprès de ta femme. Je suis certaine qu'elle se demande où tu es passé avec son Shirley Temple.

— C'est un Cosmopolitan.

— Mais oui, mais oui.

Je m'éloignai ensuite la tête haute, en sachant que tous les yeux étaient rivés sur moi, et m'empressai de rejoindre ma table où les amis qui étaient restés de mon côté après le divorce m'attendaient.

Je n'avais demandé à personne de choisir entre Scott et moi, mais la plupart d'entre eux avaient été enclins à graviter autour de l'un ou de l'autre. En raison de l'adultère, la majorité de nos amis respectifs s'étaient rangés de mon côté – même si les hommes se montraient de plus en plus complaisants, au fil du temps.

Ou bien était-ce à cause de la poitrine démentielle que Scott avait offerte à sa femme après la naissance de leur fille ? Whitney ne se gênait pas pour la montrer en toutes circonstances.

Mais ce ne sont pas mes oignons, comme toujours.

— Te voilà ! s'exclama mon amie Megan lorsque je revins à table. Il faut qu'on prenne une photo !

Elle fit ensuite signe au reste de la table de se coller les uns aux autres avant d'interpeller une serveuse.

— Pouvez-vous nous prendre en photo ?

Je passai donc les bras autour des deux femmes à mes côtés et collai un sourire sur mes lèvres alors que le flash surgissait.

— J'en ai pris plusieurs, expliqua la jeune femme en rendant son téléphone à Megan. Avec un peu de chance, il y en a au moins une de convenable.

— Merci, répondit mon amie sans lever les yeux de l'écran. En voilà une bonne.

Elle me montra alors le cliché. Ma robe vert sarcelle se démarquait des petites robes noires que portaient les autres femmes à table – ce qui était approprié puisque j'étais la seule à ne pas avoir un homme en smoking derrière moi.

Je tendis le téléphone à Tracy, qui se tenait à côté de moi et qui approuva la photo. Une fois le reste du groupe décidé, Megan annonça :

— D'accord, celle-là part sur les réseaux.

Après à peine un quart d'heure, mon téléphone vibra.

Grant : Tu es super sexy. Mais quel est le débile qui t'a laissé aller seule à cette soirée ?

Moi : Merci ! Je crois que c'est toi qui m'as laissée sans compagnie. LOL. J'aimerais beaucoup t'avoir ici.

Grant : Ma chérie, quand je te vois dans cette robe... j'aimerais beaucoup y être, crois-moi.

Je lui envoyai un émoticône souriant avec des cœurs dans les yeux.

Grant : Combien d'hommes t'ont invitée à danser jusqu'ici ?

Moi : Pourquoi ? C'est important ?

Grant : Non, probablement pas. Je serai jaloux de tous ceux qui ont eu le privilège de danser avec toi, peu importe s'ils sont deux ou dix. Mais fais-moi plaisir.

Moi : Deux. L'un étant M. McCarthy, qui va fêter son 90ème anniversaire demain, et l'autre était un ami de Scott. Il est marié et cherchait simplement à récolter des informations sur TOI. Ha ha !

Grant : Sur moi ?

Moi : Apparemment, Stella lui a dit que je sortais avec quelqu'un. Ça le rend dingue de ne pas savoir avec qui.

Grant : Donc, va lui dire.

Moi : Oui... un jour. Mais je profite du spectacle pour le moment.

Grant : Pourquoi est-ce qu'il s'en rendrait malade ?

Moi : Parce que c'est un homme. Les hommes ne veulent-ils pas ce qu'ils n'ont pas ?

Grant : Il ferait mieux de ne pas te vouloir, parce qu'il n'a aucune chance.

Je lui envoyai un émoticône souriant – simplement car je ne savais pas quoi lui répondre. Son dernier message avait des airs assez possessifs, ce qui était très excitant. J'aimais son côté jaloux mais je ne pouvais pas le lui dire, évidemment. D'ailleurs, je ne crois pas que Scott me voulait – il n'avait simplement pas envie que je retrouve quelqu'un.

La soirée avait été sympathique et mes amies avaient été de très bonne compagnie mais, alors que minuit approchait, un coup d'œil aux alentours me fit remarquer tous les couples qui allaient s'embrasser à la fin du compte à rebours. Je n'étais pas vraiment accablée par ma solitude mais je n'étais pas non plus d'humeur à tenir une aussi grosse chandelle. Et il était hors de question qu'on me voie toute seule tandis que Scott enlaçait Whitney.

À vingt-trois heures quinze, je pris donc mon sac à main et me levai en souriant.

— Bonne année à tous. J'espère vous revoir très bientôt l'année prochaine.

— Tu pars ? demandèrent Megan et Tracy à l'unisson en fronçant toutes les deux les sourcils.

— Oui, confirmai-je en leur lançant un sourire compatissant tout en penchant la tête. Comme ça, je pourrai avoir un Uber.

La tablée se leva pour me saluer et me promettre que nous nous retrouverions bientôt.

Je m'arrêtai ensuite près des porte-manteaux pour récupérer le mien avant de me diriger vers l'entrée et de prier pour qu'un Uber soit disponible. Il serait difficile d'en trouver mais je savais que, dans le pire des cas, je pourrais demander aux Franklin de me ramener. Ils vivaient dans mon quartier.

J'entendis alors les grandes portes s'ouvrir avant qu'une bourrasque d'air froid ne me balaie le corps. Je levai la tête pour dévisager le nouvel arrivant et n'en crus pas mes yeux.

— Grant ?

Il était vêtu d'un jean et d'un pull en soie vert à col rond qui donnait une teinte noisette à ses yeux. Mon preux chevalier en mocassins.

— Hé, Paige. Mon Dieu, tu es éblouissante, murmura-t-il en s'approchant.

— Qu'est-ce que tu fais là ?

Avec un sourire sur les lèvres, Grant récita la réplique que Jake Ryan avait prononcée à Samantha Baker dans *Seize Bougies pour Sam*. Je rembobinais sans cesse la cassette à ce moment précis quand j'étais adolescente.

— J'ai entendu dire que tu étais dans le coin.

— Eh bien, tu arrives à point nommé parce que j'étais justement en train de chercher un Uber.

Il pencha la tête.

— Tu pars avant minuit ?

— Je n'avais personne à embrasser, répondis-je en lui lançant un sourire charmeur.

Sa main vint ensuite se poser sur ma hanche et, sans me quitter des yeux, Grant se rapprocha de mes lèvres.

— On dirait que j'ai bien fait de venir, alors.

— J'imagine que oui.

Le baiser qui s'ensuivit fit exploser des feux d'artifice dans tout mon corps et je me laissai aller contre lui.

La vie était si étrange, parfois. Trois minutes plus tôt, je comptais rentrer chez moi, seule, et enfiler mon doux pyjama pour regarder le compte à rebours à la télé tout en m'empiffrant de glace. Et voilà qu'un avocat sexy me dévorait les lèvres.

— Tu veux retourner à l'intérieur ? murmura Grant contre mon cou.

— Non, je préférerais entrer dans la nouvelle année avec toi... toute nue.

Il m'adressa un sourire de travers lorsqu'il leva la tête pour me regarder.

— J'aime bien tes idées, Paige Hayes.

Grant me prit alors la main et me mena jusqu'à sa berline de luxe noire. Il y faisait encore chaud.

Il m'installa à l'intérieur et fit le tour du véhicule pour arriver derrière le volant, mettre sa ceinture, et démarrer le moteur.

— Je croyais que tu passais la soirée avec tes enfants ? demandai-je.

— En effet, et nous nous sommes bien amusés, comme à la belle époque. Mais ils commençaient à s'endormir devant un film et je n'arrivais pas à me sortir ta robe de la tête. Je me disais que j'étais le pire des idiots pour ne pas t'avoir accompagnée. Donc je les ai fait aller au lit, et je suis venu danser avec toi.

— Tu n'étais pas idiot. Tu te comportais comme un bon père, ce qui te rend encore plus désirable selon moi.

— Je suis content d'avoir pu passer du temps avec Connor et Claire. Susan a fait de son mieux pour rester courtoise. Néanmoins, c'était une mauvaise idée et je n'aurais jamais dû accepter. Nos rencontres doivent se tenir en territoire neutre.

— Je comprends tout à fait, même si je dois composer avec la nouvelle femme de Scott et leur bébé. Voilà pourquoi nous avons célébré le diplôme de Chad au country club.

Grant me jeta un regard en souriant alors que sa main arrivait sur la mienne.

— Je suis heureux d'être avec toi, maintenant.

Je ne pus m'empêcher de le regarder avec des étoiles dans les yeux. Mon émerveillement en devenait presque ridicule tant il était évident.

— Moi aussi.

****

Grant

Cette soirée avec Susan avait pris une tournure pour le moins gênante, surtout après ce rapprochement douteux sur le canapé. J'avais le sentiment que cet intérêt soudain pour moi était lié au fait que je fréquente une autre femme. Le commentaire de Paige pouvait certainement s'appliquer au beau sexe. Je n'aurais jamais dû accepter de venir, point final.

Par un heureux hasard, Paige sortait du country club alors que j'y entrais et une vague de bonheur m'envahit en allumant le moteur avant de passer la première. Il me semblait parfaitement normal de fêter la nouvelle année en sa compagnie – si seulement je m'étais rendu au country club avec elle.

— J'aurais aimé danser avec toi ce soir, déclarai-je en gardant mon attention sur la route tout en entrelaçant mes doigts dans les siens.

— Tu le peux toujours.

Je jetai un coup d'œil dans sa direction et la vis me regarder en souriant timidement. La couleur de ses yeux semblait correspondre à celle de sa robe sous la lumière des lampadaires de la ville, et ses cheveux blonds se balançaient telle de la soie autour de ses épaules. Paige était magnifique, putain. J'étais à deux doigts de me garer en vitesse sur un parking désert pour l'amener sur la banquette arrière. Des visions d'elle me chevauchant m'arrivèrent à l'esprit et firent tressauter ma queue sous mon jean.

— J'ai hâte, répliquai-je avec un clin d'œil.

Nous nous garâmes dans l'allée déserte de sa maison quelques minutes plus tard.

— Tes enfants sont sortis ?

— Oui, ils dorment chez Scott.

Avant que je ne puisse éteindre le moteur, Paige ajouta :

— Et si tu allais dans le garage ? Je ne voudrais pas donner du grain à moudre aux commères qui me servent de voisines.

— D'accord. Tu veux que j'attende que tu ouvres la porte depuis l'intérieur ?

— Tu ne pourrais pas simplement utiliser le code ?

— Tu en es sûre ?

— Bien entendu. Je te fais confiance. Ce n'est pas comme si je ne savais pas où tu habitais au cas où...

Paige s'interrompit d'un coup et se retourna sur son siège pour me faire face.

— Je viens de me rendre compte que je ne sais même pas où tu habites. Tu ne m'y as jamais emmenée.

— Pas parce que j'ai quelque chose à cacher, ma chérie, sauf l'horrible beige omniprésent dans l'appartement. Je serais ravi de te faire visiter demain. Merde, je pourrais même te donner un double des clés. Tu es la bienvenue quand tu veux. C'est juste... terne. Rien de très intéressant, sauf ma *splendide* vue sur le parking.

— Mon pauvre, ça a l'air horrible.

— Il remplit sa fonction, c'est déjà ça.

Je sortis donc de la voiture et utilisai le code du garage sur le pavé numérique et y retournai pour me garer à côté de sa berline Volvo S90 argentée. Je m'étais attendu à ce qu'elle possède un tel bolide, sans trop savoir pourquoi.

— Mon bail arrive bientôt à son terme, expliquai-je en refermant ma portière. Et je comptais sur Ava pour me trouver une nouvelle demeure.

Paige me rejoignit dans le garage et ferma sa portière.

— Que penses-tu choisir ? demanda-t-elle devant le capot.

— Je ne sais pas. Pas un appartement ; sauf s'il s'agit d'une résidence huppée dans le centre-ville. Un petit bungalow près de la plage, ce serait bien.

Nous nous rendîmes ensuite dans la cuisine et je réalisai que je n'avais jamais réellement visité sa maison – en dehors de la chambre et de l'entrée. Tout ici était fait pour un chef, avec des placards en bois sombre haut de gamme, des meubles en inox resplendissants, ainsi qu'une alcôve en briques rouges au-dessus de la cuisinière. Il m'était facile d'imaginer Paige en train de préparer ses fameux brunchs. Je désirais la voir à l'œuvre – et faire partie intégrante de sa vie.

— Je crois que tu me dois une danse, ma douce, dis-je en posant mon téléphone sur le plan de travail après avoir sélectionné une playlist de *chansons d'amour*.

Wonderful Tonight d'Eric Clapton démarra ensuite, de manière assez appropriée, et je la pris dans mes bras.

Nous gardâmes le silence tandis que je faisais bouger Paige dans la cuisine. Elle ferma les yeux en reposant sa tempe contre ma joue et j'eus l'impression qu'une transe nous mouvait sur le parquet. Plus rien n'existait, en dehors d'elle et moi. Voilà l'un des moments qui resteraient à jamais gravés dans ma mémoire.

La chanson se termina et laissa place à une autre, sans que je ne lâche Paige une seule seconde.

— Tu es vraiment un bon danseur, remarqua-t-elle à voix basse.

— Tout comme toi.

Je sentis alors de l'humidité sur ma joue et reculai légèrement pour découvrir des larmes dans ses yeux.

— Hé… dis-je en fléchissant les genoux afin que nos regards se croisent. Qu'est-ce qui ne va pas ?

Paige secoua la tête et un rire embarrassé s'échappa de ses lèvres.

— Absolument rien. J'ai toujours rêvé de ça… danser sans raison dans la cuisine avec quelqu'un. Ça n'était simplement jamais arrivé auparavant.

Un sourire léger mais tendre se dessina sur son visage et elle ajouta :

— Merci.

Je la repris dans mes bras et la guidai jusqu'aux escaliers. À ce moment précis, je désirais faire preuve de toutes les attentions auxquelles je pouvais penser. Paige me donnait l'envie de devenir son prince charmant. Elle ne méritait rien de moins.

— On devrait allumer la télé pour avoir le compte à rebours, non ? demanda-t-elle lorsque nous arrivâmes devant la chambre.

J'ouvris la fermeture éclair de sa robe afin de lui découvrir les épaules et passai les lèvres sur sa peau.

— Bien sûr.

Je n'avais que faire de ce fichu compte à rebours, mais Paige murmura doucement :

— C'est symbolique, tu ne crois pas ? Aucun de nous n'avait prévu d'entrer dans la nouvelle année avec quelqu'un, tout comme nous n'avions pas prévu de rencontrer quelqu'un au réveillon de Noël. Et pourtant, nous voilà. J'ai quelqu'un à embrasser à minuit, après tout.

Impossible que je rate ce baiser après ça.

Chapitre Onze

Paige

— Hé, Maman. Papa veut savoir si... Oh, merde !

La porte de ma chambre claqua ensuite et j'entendis ma fille de vingt-et-un ans ajouter de l'autre côté :

— Je suis vraiment désolée, Maman !

Nous ne faisions rien de plus que nous blottir l'un contre l'autre dans une position de cuillère sous la couette. Les bras de Grant étaient posés autour de moi et il avait déjà murmuré quelques mots doux dans mes oreilles. Je n'avais même pas entendu les enfants arriver – et ils étaient censés venir une heure plus tard –, donc nous ne nous étions pas pressés pour sortir du lit après avoir fait l'amour.

— Ce n'est rien, ma chérie, répondis-je en riant.

Une semaine plus tôt, j'aurais été mortifiée que ma fille me trouve au lit avec un homme. Mais après m'être fait baiser quotidiennement, les remords et la honte avaient beaucoup de mal à m'atteindre.

— Désolé, bébé. Est-ce que ça va aller ? demanda Grant en se blottissant dans mes cheveux.

Je hochai la tête contre son menton tandis que je lui caressais les bras du bout des doigts.

— Oui, ça va aller.

Il ricana.

— Il fallait bien qu'ils me rencontrent un jour, non ?

Je me dégageai de son étreinte à contrecœur et me redressa en fronçant les sourcils.

— Je crois que j'aurais préféré que ça se fasse autour d'un dîner.

Il me fit ensuite revenir sur le lit en enveloppant mon corps avec le sien. Nos fronts se touchèrent.

— Je sais. Mais que puis-je faire ? M'enfuir par la fenêtre ?

— Absolument pas. Je suis une adulte et je ne vais pas avoir honte de présenter mes enfants à mon...

Après une pause, je dis :

— À mon *ami*.

Grant baissa les yeux sur moi en souriant.

— Puis-je être ton petit ami, Paige ?

Cette étiquette me donna des papillons dans le ventre. Même si j'avais voulu mettre un nom sur notre relation, je n'avais pas réalisé à quel point être sa petite amie était important pour moi jusqu'alors. C'était merveilleux, mais aussi quelque peu ridicule.

— Nous ne sommes pas trop vieux pour ça ?

— Quoi ? D'après qui ? C'est idiot.

Grant semblait réellement furieux à l'idée d'être trop vieux pour qu'on le considère comme mon petit ami. La joie n'allait pas tarder à suinter de ma peau.

Je commençai à jouer avec les cheveux de son cou et souris.

— D'accord. Tu peux être mon petit ami.

Il me déposa un baiser sur le nez avant de rouler sur le côté pour chercher ses vêtements.

— Bien. Premier ordre du jour... rencontrer tes enfants. On pourrait peut-être dîner tous ensemble demain.

— Tu pourrais rester pour le brunch, tu sais.

— J'aimerais beaucoup, mais j'ai promis aux enfants que je passerais les prendre à dix heures pour aller à l'aquarium.

Il ne portait que son jean et j'en avais l'eau à la bouche.

— Tu veux venir ?

J'étais très touchée par sa proposition mais décidai de secouer la tête.

— Je prépare toujours mon brunch pendant les vacances. Et je veux passer du temps avec Stella et Chad. Ils retourneront bientôt à l'université.

— Je comprends.

— Tes enfants dormiront chez toi ?

— Non. Ils ne le font que le weekend, quand je les ai. Je ne leur en veux pas. Chez Susan, ils ont leurs consoles de jeux, leurs affaires...

— Tu pourrais tout de même rendre ton appartement plus accueillant pour eux. Comme ça, ils auront envie de venir. Achète-leur peut-être une console.

— Ma douce, mon appartement est plus terne qu'un jour de pluie et franchement déprimant. Je n'aime même pas y être.

Je sortis du lit.

— Allons faire quelques courses pour trouver de quoi redonner des couleurs à ton foyer.

— Regarde-moi ça, dit-il en souriant. Tu es ma petite amie depuis à peine cinq minutes et tu me commandes déjà.

Je grimaçai.

— Désolée. Je ne veux pas m'imposer. C'est juste que...

Grant vint me recoiffer avant de m'embrasser brièvement.

— Chut, bébé. Ce n'est rien. Je te taquinais. J'apprécie tes conseils.

— Donc, tu peux venir après les avoir ramenés ? On pourrait grignoter un peu et peut-être regarder un film avec Stella et Chad.

Il passa le bras autour de ma taille et me tira contre son torse nu.

— Est-ce qu'on pourra se blottir l'un contre l'autre sur le canapé ?

Je répondis en gloussant :

— Eh bien, tu es mon petit ami...

Puis je m'interrompis, l'air plus sérieux.

— Tu ne trouves pas ça fou ? On ne se connaît que depuis une semaine. N'est-ce pas bien trop tôt ?

Il me releva le menton pour que nos yeux se croisent.

— Non.

L'autorité dans sa voix était très sexy.

— Je ne rajeunis pas, Paige. Je vais te courtiser, si c'est ce que tu désires, mais je refuse de perdre une seule seconde à prétendre que tu ne m'attires pas.

Ses lèvres arrivèrent sur les miennes avant qu'il ne me relâche lentement pour s'habiller tandis que je restais là, tout émoustillée.

Je me rendis ensuite dans la salle de bain afin de faire un brin de toilette, et fouillai dans le placard pour trouver la tenue que j'avais déjà préparée.

Je n'avais pas un gramme de maquillage sur le visage, mais je pourrais toujours revenir à l'étage plus tard. Nous descendîmes les escaliers et je me figeai soudain. Scott était assis sur le banc de l'entrée et nous observait descendre les marches, main dans la main.

— Scott ! Qu'est-ce que tu fais ici ?

— Les enfants m'ont invité pour le brunch. Whitney a emmené le bébé chez ses parents pour la journée, donc ils m'ont proposé de venir pour ton fameux brunch.

— Ah, ils ne me l'ont pas dit.

— Ça s'est plus ou moins passé ce matin lorsque je leur ai dit que je ne t'avais pas vue à minuit pour te souhaiter une bonne année.

Nous arrivâmes en bas et Grant vint se blottir contre mes cheveux, une main possessive autour de ma taille.

— C'est moi qui t'ai vue après minuit, murmura-t-il au creux de mon oreille avant de m'embrasser l'épaule alors que mon ex-mari nous observait.

Il se détendit quelque peu lorsque les enfants firent leur apparition, mais sa main resta posée sur moi jusqu'à ce que Stella s'approche en tendant la sienne.

— Bonjour, dit-elle avec un sourire timide sur les lèvres. Je suis Stella, la fille aînée qui vient d'apprendre à frapper aux portes.

Grant me lâcha donc pour lui serrer la main.

— Grant Carson, très heureux de te rencontrer enfin.

— Et voici mon fils, Chad.

Chad lui fit signe depuis l'embrasure de la porte qui menait au salon, d'où il nous regardait en silence.

— Enchanté, déclara mon petit ami sexy avant de me poser une main dans le creux des reins.

J'aimais beaucoup sa manière de me toucher devant tout le monde pour défendre son territoire. La tête que faisait Scott était inestimable.

— Alors, depuis combien de temps êtes-vous ensemble ? demanda ce dernier en contenant à peine sa colère.

— Depuis peu, expliqua Grant en souriant alors qu'il me caressait le dos avant de m'embrasser la joue. Je dois y aller, mais je te verrai ce soir ?

— Oui, dis-je en souriant tandis que je le raccompagnais, déjà en train de m'imaginer sur le canapé avec lui devant un film. Je préparerai le dessert.

Il se pencha contre mon oreille pour murmurer :

— Ma douce, je n'aurai besoin que de toi.

Je gloussai alors que mes tétons durcissaient fortement. À en juger par le regard de Scott, il l'avait remarqué.

— À ce soir.

— J'ai hâte. J'apporterai le lait de poule.

Grant me déposa un baiser sur le front et salua mes enfants d'un hochement de tête sans même accorder à Scott un regard.

Avec un soupir, je le regardai descendre les marches du perron comme s'il était chez lui. Dieu qu'il était sexy.

Enfin, je fermai la porte et me retournai en souriant.

— Qui a faim ?

****

Grant

Mon Dieu, l'ex-mari de Paige était un vrai con. Le type s'était pointé chez elle à l'improviste le jour de l'an, la fleur au fusil, en s'attendant à ce qu'elle lui prépare à manger parce que sa femme l'avait foutu dehors ?

Ah oui, je crois que je vais aller faire un tour chez mon ex-femme sans prévenir... qui sait, elle me fera peut-être à bouffer.

Pourquoi ne s'était-il pas rendu chez sa belle-famille avec sa femme et son bébé ? Les parents de la jeune femme devaient sans doute le haïr pour avoir mis leur fille en cloque alors que Scott avait quasiment leur âge. Sur ce point-là, je ne pouvais pas leur en vouloir.

Et il avait eu le culot de se montrer agacé par ma présence.

J'ai davantage le droit d'être ici que toi, mon pote.

Qu'il aille se faire mettre.

Et où est passée ma voiture, bordel ?

Je me souvins ensuite en souriant que ma voiture se trouvait dans le garage et retournai vers l'entrée. J'aurais bien sûr pu utiliser le code et récupérer la voiture tout seul mais pourquoi se contenter du minimum ? Paige me retrouva à la porte.

— Je me suis garé à l'intérieur.

— Tu t'es garé à l'intérieur, dit-elle en même temps avant de rire et de me laisser entrer.

Elle avait déjà enfilé son tablier et cela ne manqua pas de me faire réagir, sous mes vêtements. Le reste de la famille semblait avoir disparu de l'entrée et je ne pus m'empêcher de passer un bras autour d'elle afin de la tirer contre moi.

— Une vraie petite fée du logis, ma belle, grognai-je dans son oreille. J'ai très envie de te souiller.

Paige me regarda avec ses yeux de biche et me lança un sourire faussement timide alors qu'elle frottait ses nichons contre moi.

— M. Carson, êtes-vous en train d'insinuer que vous abandonneriez votre vertu face à moi ?

Ma main se posa sur son cul et je l'attrapai.

— Bébé, porte encore une fois ce tablier devant moi et c'est de ta vertu dont je vais m'occuper.

Un léger gémissement s'échappa de sa gorge et Paige se lécha les lèvres avant de m'adresser un sourire malicieux.

— Il se pourrait que j'aime ça, M. Carson.

Je sentis le désir couler des pores de ma peau tandis que je la fixais du regard.

— Tu n'as pas la moindre idée de l'envie que j'ai de te baiser, ici et maintenant.

Elle prit la bosse qui se formait sous mon jean à pleine main et me sourit.

— Je crois que j'ai une *petite* idée.

J'étais à deux doigts de la traîner à l'étage pour un petit coup vite fait lorsque j'entendis :

— Hé, Paige, est-ce que tu as du...

Le con arriva dans le couloir et s'arrêta net lorsqu'il vit mes mains posées sur son ex-femme, la belle et séduisante créature qu'il avait eu la bêtise d'abandonner.

À en juger par la façon dont ses yeux se plissèrent dans notre direction, il devait regretter amèrement cette décision. *Dommage, mon pote, tu as fait ton choix.*

Paige me caressa le dos et leva les yeux vers les miens en souriant avant de quitter mon étreinte. J'eus l'impression d'être le roi du monde lorsqu'elle me prit la main et se retourna vers son ex-mari.

— Désolée, Scott. Qu'est-ce qu'il te fallait ?

Il me regarda tout en répondant :

— Du lait. Il n'est pas là où nous le rangeons.

C'était sans doute sa manière de me rappeler qu'il avait vécu ici avant moi.

Tu es le premier, et je suis le dernier. Devine qui gagne dans cette histoire, ducon. Pauvre de moi, j'avais été trop occupé à trouver son point G pour me soucier du lait.

— Je crois que Stella a dû finir la dernière bouteille, répondit Paige. Va voir s'il y en a dans le frigo du garage. Sinon, eh bien, il n'y en a plus.

— Si tel est le cas, je l'ajouterai à ta liste. Tu la gardes toujours sur le frigo ?

Là encore, une pique afin de me rappeler qu'il la connaissait mieux que moi. Ce que ce connard ne comprenait pas, c'était que j'avais hâte de tout connaître des petites habitudes de Paige. Je ne me sentais nullement menacé par lui. Scott avait eu sa chance et, contrairement à lui, je ne comptais pas gâcher la mienne. J'allais baiser la belle aussi souvent que possible, lui offrir des fleurs, la faire danser dans la cuisine, et je n'allais sûrement pas la tromper avec des jeunettes de vingt piges.

— Non, j'écris tout sur mon téléphone, maintenant, expliqua Paige. Je m'en souviendrai, ne t'inquiète pas.

Cette petite phrase me procura une immense satisfaction. *Tu ne la connais plus, enfoiré. Elle a tourné la page.*

Scott opina du chef et tourna les talons sans un mot de plus.

— Tu es sûr que tu ne veux pas rester pour le brunch ? demanda-t-elle. Je vais préparer du bacon, des œufs, des pancakes, et une quiche. Sans oublier un assortiment de fruits.

J'écarquillai les yeux.

– Waouh, ça a l’air génial. Je ne manquerai pas le prochain, mais je dois vraiment y aller. Connor et Claire m’attendent donc je ne veux pas être en retard.

– Je suis contente que tu sois revenu, avoua-t-elle en souriant timidement.

– Moi aussi. Mais je n’ai pas encore eu l’occasion de t’embrasser.

– Qu’est-ce que tu attends ?

Chapitre Douze

Paige

À mon âge, je n'aurais pas dû me sentir aussi exaltée, mais impossible de trouver un autre terme pour décrire ce que je ressentais. Le simple fait de penser à Grant apportait un sourire à mon visage – ce qui arrivait tout le temps, pour être honnête.

Il passait le weekend avec ses enfants et je ne savais pas quoi faire de mon temps libre. Le bel avocat avait passé toutes ses nuits dans mon lit depuis le réveillon de Noël et lorsque je m'étais couchée sans lui, un sentiment de vide inédit s'était emparé de tout mon être. Ses bras puissants me manquaient. À ses côtés, je me sentais désirée et désirable. Et son odeur... Grant me manquait – point final.

Je me vis prendre son oreiller à pleins bras pour inhaler son parfum lorsque j'entendis mon téléphone sonner.

Je le pris donc sur la table de nuit et le déverrouillai en une fraction de seconde. Voir son nom s'afficher à l'écran me donna immédiatement le sourire.

Grant : S'il te plaît, dis-moi que je ne suis pas le seul à ne pas pouvoir dormir sans toi.

Moi : WAOUH. Tu me manques tellement.

J'avais seize ans, ou quoi ? Hélas, il s'agissait de la vérité et je n'allais sûrement pas le nier.

Grant : Tu me manques aussi, bébé. Tu crois qu'on pourrait prendre le petit-déjeuner ensemble demain ? Il faut que je voie ton beau visage... et que je l'embrasse... bien sûr.

Sa réponse fit s'envoler une armée de papillons dans mon ventre.

Moi : Sept heures, c'est trop tôt ? LOL.

Grant : Non. Où est-ce qu'on se retrouve ?

Moi : Je plaisantais !

Grant : Pas moi. Sept heures, ça ne fait que huit heures d'attente. Je peux le supporter. Plus que ça, ce serait de la torture.

Sa logique me plaisait.

Moi : D'accord. Pourquoi pas le Connie's ? C'est un petit resto pas très loin d'ici.

Grant : Je connais. À demain, alors.

Moi : J'ai hâte.

Grant : Fais de beaux rêves, ma belle.

Moi : Je vais essayer.

Cinq minutes plus tard, un autre message arriva.

Grant : Je n'arrive pas à te sortir de ma tête. Comment ça se fait ?

Moi : Si ça peut te remonter le moral, il en va de même pour moi.

Grant : Ça aide, oui. Mais j'ai vraiment besoin de t'avoir entre mes bras.

Moi : Moi aussi.

Grant : Je te verrai dans moins de huit heures. Et prépare-toi à te faire embrasser comme jamais. Je me fiche des gens qui nous regarderont.

Je lui envoyai un émoticône représentant des lèvres et fermai les yeux en souriant, les bras fermement enroulés autour de son oreiller.

****

Grant

Je laissai à peine le temps à Paige de sortir de sa voiture avant de saisir son visage à pleines mains pour l'embrasser sur le parking du Connie's. Je n'avais pas plaisanté dans mon message.

La belle ne dut pas se soucier du regard des autres non plus puisqu'elle passa les bras autour de mon cou pour s'y accrocher tandis que nos langues se rencontraient.

Lorsque nous nous séparâmes enfin pour reprendre notre souffle, Paige posa la tête sur mon épaule en murmurant :

— Eh bien, bonjour.

— Tu n'as pas idée de l'impatience qui me rongeait depuis hier, grommelai-je contre ses cheveux en la prenant dans mes bras. Je n'ai pas dormi de la nuit.

— Il m'a fallu du temps pour fermer l'œil. Mais ton message m'a aidée à me détendre.

Je sentis un sourire se dessiner sur mon visage.

— Ah bon ?

— Oui. C'était agréable de savoir que tu pensais aussi à moi.

— Oh que oui, bébé, lui assurai-je en lui embrassant les cheveux avant de la relâcher pour que nous puissions entrer. Je dois simplement survivre à cette nuit.

— J'espère que Connor et Claire sont déjà à l'intérieur et qu'ils ne nous attendent pas dans ta voiture ? Ce serait assez gênant, pour une première rencontre.

— Nan, ils dorment encore. Ils ne risquent pas de se réveiller avant quelques heures. Je leur ramènerai des donuts en revenant.

— Ah. Je, euh... je me disais que, puisqu'ils passaient le weekend avec toi...

— Susan m'a demandé de ne pas faire les présentations avec que *ça devienne sérieux*. Et, vu que je ne veux pas qu'elle présente les enfants à tous les hommes qu'elle fréquente, j'ai accepté.

Je pris le soin de faire des guillemets avec les doigts autour de sa demande.

— Ah, dit doucement Paige tout en regardant dans le vide alors que nous faisions la queue près de l'accueil du restaurant. Je croyais que c'était sérieux, entre nous.

Et merde.

— Bien sûr, ma chérie. Je crois qu'elle parlait de fiançailles ou d'un emménagement ensemble, par exemple.

Paige hocha la tête tout en refusant toujours de me regarder.

— C'est logique. J'aurais sans doute fait la même chose si nous avions eu le choix.

L'hôtesse vint à notre hauteur et je levai deux doigts en l'air. Elle prit donc nos menus et nos couverts avant de nous mener à notre table, où je repris la conversation.

— Eh bien, Chad et Stella sont adultes. C'est légèrement différent.

— C'est vrai. Ils sont capables de comprendre que notre relation pourrait se terminer rapidement.

Je n'aimais pas cette idée *du tout*, et je n'aimais pas plus le ton sur lequel Paige l'avait abordée.

Je lui pris donc la main et grommelai :

— Attends une seconde. C'est peut-être pourquoi je ne veux pas que Connor et Claire rencontrent tous les types avec qui Susan sort, mais ce n'est pas la raison qui me pousse à ne pas te les présenter pour le moment. Il faut simplement que je les habitue à l'idée que je fréquente d'autres femmes. Je me disais que je commencerais en leur parlant de deux ou trois trucs sur nous. Et, quand je sentirai qu'ils sont réceptifs au fait que je passe du temps avec une femme qui n'est pas leur mère, je ferai les présentations.

— Et si ça n'est jamais le cas ?

— Ça le sera, affirmai-je avant d'ouvrir mon menu en souriant. Dans le cas contraire, j'imagine qu'on devra simplement emménager ensemble ou se marier.

****

Paige

Oui, mais non. Avant même la fin de la procédure de divorce, j'avais pris la décision de ne jamais me remarier de ma vie. Bien que j'apprécie – ou plutôt, que je meure d'envie – de m'endormir dans les bras de Grant, je n'étais pas certaine de vouloir partager mon foyer avec lui. Et avec ses enfants, par extension.

Peut-être pourrait-il devenir mon voisin, et nous pourrions avoir un tunnel reliant nos deux maisons, ou un truc du genre.

— Eh bien, espérons simplement qu'ils accepteront l'idée que tu sortes avec moi, dis-je en feuilletant le menu.

Je jetai un œil dans sa direction par-dessus le menu et vit qu'il me regardait avec les sourcils froncés, mais Grant sembla balayer ses inquiétudes en une fraction de seconde et examina les petits-déjeuners disponibles avec une grande concentration.

— Qu'est-ce qui te fait envie ? demanda-t-il sans lever les yeux du menu.

— D'habitude, je prends leurs pancakes à la cannelle. Enfin, c'est plutôt une sorte de roulé à la cannelle, mais sous la forme d'un pancake. La parfaite rencontre entre gourmandise et décadence.

Grant hocha la tête et posa son menu sur la table afin de signaler qu'il était prêt à commander.

— Qu'est-ce que tu prends ? demandai-je.

— Une omelette Denver.

— Chad adore ça, dis-je.

— J'ai passé un bon moment avec tes enfants l'autre soir, déclara-t-il doucement.

— Tu as fait très bonne impression.

Ce qui était la vérité. Chad et Stella m'avaient donné leur bénédiction avant de repartir à l'université.

— Quiconque est capable de faire sourire et fredonner ma mère quand elle cuisine a mon approbation, avait dit Chad lorsque Stella m'avait fait part de son avis sur notre relation.

— Je ne me souviens pas t'avoir déjà vue aussi heureuse, Maman, avait-elle ajouté.

Eh oui, j'étais sincèrement heureuse. Plus que je ne l'avais été depuis bien longtemps. Néanmoins, je savais que nous étions encore dans la phase lune de miel, à baiser comme des lapins. Nous ne voyions pas encore les défauts de l'autre, et étions simplement contents d'être en compagnie l'un de l'autre. Comment conserver ce sentiment ? Et comment faire en sorte que Grant continue de me désirer ?

Telle était la question à un million de dollars pour la plupart des couples, non ? Puis, nous devrions prendre en compte les ex, les pensions alimentaires, les enfants, sa carrière, mon bénévolat, le fait d'avoir deux foyers différents, et trente ans de passif chacun... étions-nous en train de nous voiler la face ? Comment une telle relation allait-elle fonctionner ?

J'aurais plutôt dû réfléchir à comment protéger mon petit cœur du fracassant retour à la réalité lorsque la nouveauté finirait par s'estomper. Après la nuit que je venais de passer sans lui, je ne pouvais qu'imaginer la peine que je ressentirais une fois séparés pour de bon.

Chapitre Treize

Grant

Il était difficile de ne pas tomber dans le piège du papa gâteau. Puisque je ne voyais pas mes enfants aussi souvent que je le souhaitais, je me sentais obligé de compenser mon absence par des cadeaux ou des sorties extraordinaires.

De toute façon, vivre dans l'appartement n'était pas plaisant du tout. Je détestais y passer du temps, alors les enfants ? Il fallait vraiment que je trouve une solution.

— Tu étais sérieuse quand tu m'as proposé de redécorer mon appartement ? demandé-je à Paige dimanche soir alors que nous regardions un film sur le canapé tout en mangeant les plats chinois à emporter que j'avais amenés après avoir déposé les enfants chez Susan.

Elle fouilla dans l'une des boîtes blanches sur lesquelles étaient inscrites des lettres en mandarin afin d'en sortir un pâté impérial. Elle en prit une bouchée avant de le poser sur son assiette.

— Bien sûr. Je ne l'aurais pas dit, sinon. Mais, tu sais, je devrais sans doute *voir* ton appartement pour me faire une idée.

— Et si on dormait là-bas demain soir pour ensuite aller faire les boutiques mardi ? Il faudra juste attendre que je sorte du bureau.

— Vraiment ? Je vais avoir le privilège de contempler l'appartement beige en personne ? Tu es sûr que c'est une bonne idée ? Je pourrais fouiller dans ton tiroir à sous-vêtements, entre autres.

Je lui lançai un regard avant de prendre une bouchée de mon poulet kung pao à l'aide des baguettes en bambou fournies par le restaurant – contre quelques dollars de plus, bien évidemment.

— Ha ha. Je t'ai toujours dit que je ne voyais aucun inconvénient à ce que tu viennes. Je n'ai rien à cacher, mais ce n'est pas très accueillant.

— Peut-être que l'énergie du lieu ne te convient pas. Je croyais que tu allais demander à Ava de t'aider à trouver une maison ?

L'énergie ? Qu'est-ce que c'est que ce charabia ?

— C'est l'idée, oui. Mais sans trop savoir pourquoi, répliquai-je en lui faisant un clin d'œil, le temps ne cesse de me glisser entre les doigts.

— Et si nous visitions des maisons à vendre au lieu de faire les boutiques pour l'appartement, puisque tu comptes déménager dans tous les cas ?

— Je ne serais pas contre. J'adorerais avoir ton avis.

Je jetai ensuite un regard à la décoration très soignée – mais chaleureuse – de la pièce, et ajoutai :

— Tu as manifestement très bon goût.

— Merci. Tu aurais dû voir la tête de la maison quand on l'a achetée. La route a été longue jusqu'à ce résultat.

— Encore mieux, alors ; tu as l'œil pour dénicher du potentiel.

Paige me fixa du regard un instant en souriant gentiment avant de répondre tout bas :

— En effet.

Et je sus immédiatement que nous ne parlions plus d'immobilier.

Je croisai son regard.

— Et que faire quand on sait que c'est la bonne ?

— Je suis d'avis qu'il faut toujours écouter ses tripes.

Je déposai mon assiette sur la table en lui lançant un clin d'œil, soulevai mon tee-shirt pour découvrir mes abdos – que Paige adorait –, et me tapotai le ventre.

— Et si on n'a pas de tripes ?

Elle leva les yeux au ciel ; la réaction que j'attendais. Je lui souris donc de toutes mes dents, mais elle arracha ce sourire de ma bouche en venant passer le bout de ses ongles le long de ma peau, juste au-dessus de la ceinture. Ma queue ne manqua pas de sursauter.

Je lui attrapai la main en grognant :

— Fais attention, ma chérie. Tu joues avec le feu.

Un sourire se dessina au coin de ses lèvres et m'informa qu'elle n'était pas du tout effrayée. Ses ongles vinrent gentiment se planter dans ma chair – malgré le fait que je la tienne toujours par le poignet.

— Peut-être que j'aime le feu, murmura Paige d'un air de défi.

Je fondis sur elle en un instant et lui plaqua le dos contre les coussins du canapé en la coinçant sous moi alors que nos regards se croisaient.

— Peut-être que je t'aime bien.

— Peut-être que je t'aime bien aussi, chuchota-t-elle avant de remuer ses hanches contre les miennes.

Mon érection vint frotter contre son entrejambe.

— Nous devrions peut-être continuer ça à l'étage.

— Je ne sais pas, répondit-elle avec un sourire espiègle sur le visage. J'espérais un peu que tu me prennes comme une chienne sur le canapé.

Ni une ni deux, je la retournai afin qu'elle se tienne sur ses genoux et remontai son haut en un seul mouvement.

Paige remua le cul contre ma queue en gloussant tandis que mes mains poussaient son soutien-gorge pour masser ses seins crémeux.

— Tu veux que je te baise sur le canapé, ma belle ? grognai-je d'une voix grave dans son oreille.

— Oui, gémit-elle en hochant frénétiquement la tête avant de déglutir.

Je ricanai et demandai d'une voix plus rauque :

— Tu veux que je te baise fort ?

Puis je lui tirai les cheveux en ajoutant :

— Et que je te donne la fessée ?

Le long gémissement guttural qui s'échappa de sa gorge alors que son cul venait faire pression contre ma queue fut son unique réponse. Je la tirai ensuite des coussins pour la faire s'approcher du dossier du canapé. Paige était dos à moi et je m'occupai du bouton de son jean avant de plonger rudement les mains dans sa culotte pour explorer son entrejambe détrempé.

Une de mes mains remonta au niveau de son cou pour la maintenir en place alors que je grognais contre sa joue :

— Mmm, tu aimes ça, hein ? Vilaine fille.

J'adorais ce côté si dépravé chez ma petite femme au foyer modèle.

Je la tins ensuite par la nuque et poussa son corps en avant afin de baisser son jean et sa culotte en soie. Paige était désormais à ma merci.

Le son qui retentit dans la pièce lorsque je la fessai résonna contre les murs, tout comme ses gémissements. Je glissai aisément deux doigts dans sa chatte trempée et effectuai lentement des va-et-vient tout en caressant son cul rougissant.

— Grant, gémit-elle. Baise-moi, s'il te plaît.

La voir si désinhibée était encore plus excitant que le reste. J'eus l'impression d'être le roi du monde en sachant être le seul à avoir connu cet aspect de Paige.

Je retirai donc mes doigts d'elle à contrecœur pour me débarrasser de mes vêtements tandis qu'elle dégrafait son soutien-gorge. Je me penchai sur son dos pour que nos corps s'emboîtent, sans pour autant la pénétrer.

Paige se déhancha donc afin de m'attirer en elle, mais je continuai de passer mon manche contre sa fente sans pour autant la satisfaire.

— S'il te plaît…

Je voulais la taquiner davantage, mais sa chatte ne me laissait pas vraiment le choix. Ce fut donc avec un coup de reins fluide que je la remplis jusqu'à la garde tandis que nous gémissions en même temps.

Je me retirai ensuite presque entièrement d'elle pour replonger au fond de ses entrailles avant d'adopter un rythme de croisière. Sa chatte était si bonne ; j'y serais bien resté toute la nuit.

— Putain, Paige.

Je l'attrapai par les hanches en accélérant le tempo et elle changea de position sur le canapé pour que l'angle formé par ma queue me permette d'atteindre de nouvelles profondeurs.

Enfoui jusqu'à la garde, je passai une main sur son clitoris.

Paige se mit à se resserrer autour de moi tandis que sa respiration s'affolait.

— Mon Dieu, Grant, oui ! gémit-elle avant que son corps tout entier ne tremble sous moi.

Il ne me fallut pas plus de quelques secondes pour la suivre au septième ciel et me déverser en elle.

— Oh putain, Paige, haletai-je en m'effondrant sur elle, les yeux fermés et les bras fermement enroulés autour de son buste.

Pour un homme qui gagnait sa vie à raison de discours et de plaidoiries, mon vocabulaire se trouvait assez limité à cet instant.

Nous restâmes ainsi sur son canapé une minute, le temps de reprendre notre souffle, puis Paige me tapota la cuisse pour me signaler de reculer.

— Reste-là, murmuré-je au creux de son oreille avant de revenir de la salle de bain du bas avec une serviette.

Elle baissa les yeux vers moi alors que je m'agenouillais pour la nettoyer.

— Tu n'es pas obligé, tu sais.

— J'aime bien m'occuper de toi, répondis-je en haussant les épaules.

Son sourire s'estompa et Paige prit une profonde inspiration, mais elle se tint tranquille tandis que je prenais mon temps. La vue était spectaculaire.

Je laissai tomber la serviette en me relevant derrière elle avant de lui donner une dernière fessée pour ensuite tirer son dos contre mon torse, les mains sur sa poitrine.

— Je ne me lasse jamais de toi, bébé, grognai-je dans son oreille.

— Je connais ce sentiment, murmura-t-elle en appuyant son cul contre moi. Je suis devenue une nympho à mon âge, qui l'eût cru ?

J'éclatai de rire et sentis son sourire revenir.

— Tu n'es pas humaine, ma chérie, dis-je en secouant la tête avant de me blottir contre son cou.

Elle était *divine*. Un ange que je voulais dans ma vie, tous les jours.

****

Paige

Grant Carson. Je répétais son nom dans ma tête en soupirant comme une adolescente éprise d'amour alors que je me blottissais contre lui dans mon lit. Il me rendait si heureuse.

Il pianota sur son téléphone avant de le poser sur la table de nuit, puis passa un bras autour de moi.

— Je dois me lever tôt demain. J'ai une audience dans la matinée.

— Tu aurais dû apporter ton costume.

— C'est ce que j'ai fait, répondit-il en riant. Il est dans la voiture. Mais je dois d'abord me rendre au bureau.

— À quelle heure dois-tu partir ? Je me lèverai pour te préparer un petit-déjeuner.

— Paige, dit-il d'une voix ferme, tu n'es pas obligée de me préparer à manger chaque fois que je viens.

— Grant... répliquai-je d'une voix faussement ferme. J'aime bien te préparer le petit-déjeuner.

Puis je décidai de reprendre ses mots.

— J'aime bien m'occuper de toi.

Ses paroles m'avaient prise de court – et m'avaient emplie d'une chaleur inédite. Je me rendais désormais compte que jamais un homme ne s'était occupé de moi jusqu'alors et que Grant le faisait depuis le début. J'espérais lui avoir montré toute l'étendue de ma reconnaissance. Lui faire à manger était bien la moindre des choses.

Il éteignit la lampe de chevet en souriant légèrement avant de me déposer un baiser sur le front.

— Tu me gâtes, bébé.

— Non, tu le mérites, murmurai-je contre son torse avant de succomber à un sommeil paisible.

Chapitre Quatorze

Grant

Une routine agréable se forma : je dormais chez Paige lorsque les enfants étaient chez Susan, et nous restions à l'appartement la veille de l'arrivée de Claire et Connor afin d'*embellir l'espace*. Tels étaient les mots de Paige, pas les miens.

Elle avait déjà réalisé une transition vers quelque chose de plus chaleureux – et moins beige. Les enfants l'avaient remarqué, d'ailleurs.

Néanmoins, nous n'avions pas visité de maisons à vendre, comme nous en avions discuté. Je crois que nous attendions tous les deux de voir la tournure que prendrait notre relation. Une fois, elle avait plaisanté à propos de maisons mitoyennes où un passage secret relierait nos chambres. L'idée avait ses mérites, je devais l'admettre.

Mes enfants ne l'avaient toujours pas rencontrée et je crois que cela la dérangeait, même si Paige ne s'en plaignait jamais. Ou peut-être était-ce le fait que Susan, en plus d'être constamment sur mon dos, s'y opposait farouchement qui l'irritait.

Je peinais toujours à trouver le sommeil en son absence. Elle m'apaisait.

Je ne savais pas comment officialiser notre couple, ou si je le désirais, même. Tout semblait parfait : ma vie était compartimentée. J'avais mon travail, mes enfants, et Paige. Pourquoi enfoncer une porte ouverte ? Néanmoins, je savais en mon for intérieur que je me voilais la face. Il me fallait impliquer Paige dans toutes les facettes de ma vie – et vite –, avant que tout ne m'explose au visage. Et pourtant, je continuais à faire l'autruche.

— Donc, c'est la Saint-Valentin, jeudi... déclara Paige lors de notre petit-déjeuner au restaurant samedi matin.

— Je sais, répliquai-je en souriant avant de boire une gorgée de café. J'ai déjà acheté ton cadeau.

— Tu vas m'offrir un cadeau ? demanda-t-elle.

Avec un sourire comme celui-ci, j'aurais pu lui en acheter des milliers.

Je vins lui prendre la main sur la table.

— Bien sûr que oui. Tu es ma petite amie. Où veux-tu aller dîner ?

Même quand nous nous adressions à peine la parole, Susan et moi, je lui avais toujours offert une carte alors qu'elle avait une cravate ou une babiole pour moi. C'était l'occasion de faire plaisir à son conjoint, après tout – et nous voulions donner l'exemple à nos enfants. Nous allions dîner avant de passer la soirée devant nos téléphones pour éviter de se parler. Durant nos deux dernières Saint-Valentin, nous avions même amené les enfants pour faire tampon. Bien entendu, tout sauf l'amour régnait entre nous.

Cette année, en revanche, tout serait différent, j'en étais persuadé. Du champagne, du sexe torride, et peut-être un lit couvert de pétales de roses.

— Je me disais que je pourrais nous préparer à dîner plutôt que de réserver quelque part, proposa Paige d'un air timide.

— Je préfère cette idée, en fait. Et je veux t'aider. Tu penses que ma cuisine est suffisamment équipée, ou devrait-on aller chez toi ? On pourrait reporter notre *embellissement* cette semaine.

— Non, restons-y. Ça fait un moment que je veux essayer ta cuisine. D'ailleurs, il faut que tes enfants sentent que tu vis dans cet appartement, non ?

— Même si c'est faux, dis-je en souriant. Je devrais commencer à te payer un loyer, vu tout le temps que je passe chez toi.

— Heureusement pour moi, je n'ai pas de prêt à rembourser. Un petit cadeau de Carson, Burns, Sterling & Cooper, rappela-t-elle d'un air gêné.

— Tu as mérité chaque centime gagné dans ce divorce, assurai-je. Toutes ces années passées à élever tes enfants et à t'occuper de la maison pour Scott...

— Qu'a fait ton ex-femme, pour se faire représenter ? J'imagine qu'il est assez compliqué de trouver un avocat prêt à affronter ton cabinet. Dis-moi que tu ne l'as pas brutalisée autant que Stuart lorsqu'il s'est occupé du pauvre avocat de Scott.

— Susan a eu ce qu'elle méritait. Elle gagne bien sa vie et peut donc subvenir à ses besoins sans moi. La pension alimentaire que je lui verse n'est qu'un bonus. Inutile pour elle de vivre à mes crochets ou de m'extorquer de l'argent.

Je souhaitais simplement la rassurer quant à l'issue de mon divorce et ma bonne foi, mais je sentis que Paige n'avait pas interprété ma phrase de cette façon. J'eus l'impression de l'avoir giflée.

— Enfin, tu peux toi aussi subvenir à tes besoins sans vivre aux crochets de Scott, ajoutai-je rapidement. C'est juste que

Susan travaillait durant notre mariage, donc elle n'a jamais été très dépendante de moi...

Sa bouche entrouverte et ses yeux écarquillés m'indiquaient que je ne faisais que creuser ma propre tombe.

— Et il n'y a pas eu d'adultère, donc je ne me suis pas senti redevable de quoi que ce soit.

Paige souffla, abasourdie, avant de plaquer un sourire forcé sur son visage. La situation empirait à vue d'œil.

Mais ferme-la, abruti !

Je pris alors une profonde inspiration et lui lançai un sourire penaud.

— Ce que je voulais dire, c'est que je n'ai pas abusé de ma position pour léser Susan. Point final.

Ses yeux ne recelaient aucune chaleur quand elle répondit :

— Bien sûr. Je n'aurais jamais imaginé le contraire.

Putain, je suis un vrai con, quand je veux.

Le petit-déjeuner fut tendu, mais courtois. J'eus l'impression de revivre le début de la fin, dans mon mariage.

Pour l'amour de Dieu. Tu adores faire une montagne de tout, Carson ?

J'avais vexé Paige et devais me faire pardonner – ce n'était pas plus compliqué que ça. *Reprends-toi.*

Lorsqu'elle prétexta un mal de tête pour éviter de passer l'après-midi ensemble, en arrivant dans son allée, je hochai la tête – même si je n'aimais pas ça du tout.

— Bien sûr, bébé. Va te reposer, dis-je. J'ai une audience à préparer.

Encore une fois, son sourire fut aussi froid qu'un blizzard.

— Merci, répondit-elle en saisissant la poignée de la portière. On se parle demain ?

Demain ? C'est-à-dire que je ne dors pas dans tes bras ce soir ?

— Ouais. D'accord.

****

Paige

Il attendit que je ferme la porte avant de partir et je parvins à atteindre ma chambre avant que les larmes ne coulent.

Je savais bien que Grant n'avait pas cherché à m'insulter en parlant de son ex-femme indépendante. Bien entendu, il n'avait pas cherché à nous comparer l'une à l'autre, mais je me sentais pourtant si ridicule en comparaison de Susan. Je n'avais jamais gagné d'argent – pas autant qu'elle, en tout cas. Je n'étais qu'un parasite, vivant grâce aux chèques de mon ex-mari.

Après tout, Susan n'était-elle pas une putain de femme *moderne*, avec une carrière pour le prouver ? Tandis que moi, j'étais une femme au foyer, une relique du passé ne parvenant à survivre qu'aux crochets de mon mari. La situation était légèrement différente aujourd'hui, mais je n'avais pas travaillé durant notre mariage. J'avais eu un job à mi-temps pendant que Scott faisait son internat. À l'instant où il avait touché son premier salaire – qui n'était pas mirobolant non plus –, il avait voulu que je reste à la maison et que je me lance dans le bénévolat afin de nous construire une réputation à San Diego.

Mon rôle était d'être sociable et de le mettre en lumière – même si j'avais dû faire semblant au début. J'avais pris cette tâche très à cœur, j'appréciais faire partie de la haute société. Puis les enfants étaient arrivés et j'avais été heureuse d'avoir la chance de pouvoir vivre avec eux, puis de m'impliquer dans la vie de l'école.

Pour rendre à César ce qui est à César, Scott s'était démené pour s'assurer que nous pouvions envoyer nos enfants dans les meilleures écoles et dans les meilleurs clubs. J'avais toujours cru être satisfaite de ma vie.

Jusqu'à ce qu'elle prenne une tournure tragique.

Ma rencontre avec Grant était presque la manifestation de mon destin – comme si j'étais censée finir ma vie avec lui. L'univers m'accordait le bonheur. Après tout, Grant me rendait heureuse – et presque surexcitée, parfois ; chose que je n'avais pas ressentie depuis longtemps. Je n'arrivais pas à me lasser de lui et il en était de même de son côté.

Je me sentais donc idiote par rapport à une femme comme Susan. Il devait me trouver frivole et trop limitée pour avoir un vrai travail. Sans oublier que je ne me faisais plus très jeune.

Pourquoi les hommes devenaient plus sexy en vieillissant alors que les femmes… vieillissaient, tout simplement ?

Grant était un homme séduisant et distingué – les femmes, peu importe leur âge, devaient se battre pour son attention. Il en avait été de même pour Scott.

Soudain, je créai un scénario dans mon esprit, similaire à la trahison de Scott, mais cette fois-ci, il s'agissait de Grant et d'une jeune avocate sans visage.

Je m'apitoyai ainsi sur mon sort tout en m'effondrant devant mon placard avant de me rouler en boule. Les larmes m’inondèrent le visage tandis que j’imaginais Grant rencontrer l’équivalent de Whitney. Ou, pire encore, se remettre avec Susan, puisqu’elle était déjà si parfaite et accomplie.

Mon chagrin fut si intense que je n’entendis pas les bruits de pas approcher. Je levai donc les yeux pour voir des mocassins noirs et un jean gris qui ressemblait beaucoup à celui que Grant portait ce matin-là.

Embarrassée d’être prise en pleine crise de nerfs, je tournai la tête tout en essayant discrètement de m’essuyer les joues – même si mes yeux étaient enflés.

D’une voix douce, il demanda :

— Tu veux me dire ce qui se passe ?

Puis il s’agenouilla à ma hauteur.

Incapable de croiser son regard, je décidai de m’attarder sur une paire de talons bleu marine étalés sur le sol tout en étouffant un sanglot.

— Pas vraiment.

Grant m’attrapa le menton pour me forcer à le regarder.

— Je suis désolé de t’avoir blessée. Je n’ai pas du tout choisi les bons mots. Je pense que tu es la femme la plus incroyable que j’aie jamais rencontrée et j’ai vraiment merdé au petit-déjeuner. Tu es formidable.

Ses mots m’apaisèrent et je voulus sourire, mais cela semblait étrange – je m’étais mise dans un tel état pour une broutille. J’essayai de détourner le regard, mais Grant me tint en place.

— Bébé, je m’excuse. Pardonne-moi, s’il te plaît. Je ne veux pas rester éloigné de toi aujourd’hui, ni ce weekend. Pas même pour une seconde.

Et, sans que je m'en rende compte, j'étais désormais allongée sur le tapis de la chambre tandis que Grant survolait mon corps nu avec le sien. Tous mes ennuis disparurent lorsque ses lèvres capturèrent les miennes et que sa grosse queue entra en moi.

Mes doigts vinrent se planter dans ses cheveux soyeux alors que je rapprochais sa bouche de la mienne. Alors même que nous ne faisions qu'un, j'avais toujours le sentiment de ne pas être assez proche de lui.

J'étais complètement folle de cet homme, mais je n'avais pas encore été capable de le verbaliser. Lui non plus, d'ailleurs. Quand serait-ce le bon moment ? Devrais-je me lancer en premier ? Et s'il ne le disait pas en retour ? Voilà qui serait catastrophique.

J'étais quasi certaine que nous étions sur la même longueur d'onde, Grant et moi, mais je gardai néanmoins mes aveux secrets. Cela me semblait plus sûr.

Pour l'instant, je laisserais mon corps parler à ma place en attendant de rassembler mon courage.

Chapitre Quinze

Paige

Après un passage à la supérette, je me rendis à l'appartement de Grant peu avant seize heures pour démarrer la préparation de notre dîner de Saint-Valentin.

J'étais excitée comme une puce à l'idée de célébrer le quatorze février avec un homme qui avait pris son rôle d'amant au sérieux. Pour la première fois depuis bien longtemps, la Saint-Valentin ne tenait plus d'une obligation et je voulais que notre soirée soit parfaite.

Après avoir préparé le repas, je mis la table, remplis un sceau que j'avais apporté avec de la glace pour le vin pétillant, et me glissa dans la chambre pour couvrir le lit de pétales de rose. Puis je me recoiffai avant de me remaquiller.

À dix-sept heures cinq, je déposai le plat dans le four avant de défroisser mon tablier et ma robe, tout en m'assurant que mes cheveux n'étaient pas ébouriffés. J'hésitai à enfiler une tenue plus aguicheuse, mais il y avait encore beaucoup à faire dans la cuisine, sans oublier que je ne voulais pas manger en négligé. Je décidai alors de remettre les talons haut que j'avais délaissés durant la préparation du repas. Un regard en direction du miroir me décrivit l'incarnation parfaite de la femme au foyer – il ne manquait plus que le collier de perles de mon ancienne vie, que je gardais caché dans une boîte à bijoux à la maison.

J'entendis à nouveau les mots de Grant sur sa femme si indépendante résonner dans ma tête et un sentiment d'infériorité m'envahit. La vie que j'avais dédiée à devenir une épouse, une maîtresse de maison et une mère parfaite semblait n'être guère plus qu'une mauvaise blague. Que pouvais-je bien offrir à un homme comme lui ?

Grant passa la porte à dix-sept heures trente précises, un grand bouquet de roses rouges dans une main et son attaché-case dans l'autre. Son visage se targua d'un sourire lorsqu'il m'aperçut dans la cuisine et mes doutes s'envolèrent.

— Ça sent bon, ici, déclara-t-il en se délestant de ses affaires avant de venir me rejoindre.

Ses bras m'arrivèrent autour de la taille et il se blottit contre mon cou tandis que je me tenais devant le plan de travail, en pleine découpe de légumes pour la salade. Une de ses mains vint lentement remonter ma robe jusqu'à ce que ses doigts puissent se balader sur ma culotte – que je savais déjà humide.

— Je sens que je vais me régaler, me murmura Grant au creux de l'oreille d'un ton charmeur.

Je ne pus alors m'empêcher de faire pression sur sa queue déjà dure tout en me penchant contre son torse avant de passer un bras derrière moi, autour de sa nuque.

— Je t'avais dit ce qui allait se passer si tu portais de nouveau ce tablier en ma présence, ajouta-t-il. Combien de temps avant que le dîner soit prêt ?

Je jetai un œil en direction du minuteur du four.

— Vingt-cinq minutes, mais...

— Bien, juste assez pour une mise en bouche.

J'étais sur le point de protester en lui expliquant qu'il me faudrait d'abord terminer la salade lorsque Grant me souleva sur le plan de travail pour ensuite relever mon tablier et ma robe au-dessus de ma taille. Mes objections moururent rapidement sur le bout de ma langue quand il écarta ma culotte rose en dentelle pour plonger la langue sur ma peau délicate.

— Mmm, gémit-il. Délicieuse.

Puis il se mit à me lécher comme un mort de faim.

Grant avait toujours su me donner l'impression d'être la femme la plus désirable du monde. Je me penchai en arrière sur un coude et passai les doigts dans ses cheveux avec ma main libre afin de le tirer éhontément contre moi pour l'encourager.

— Putain, Paige, murmura-t-il contre ma fente. Tu es si bonne.

Sa langue vint ensuite assaillir mon clitoris à un rythme plus intense. Un doigt vint se glisser en moi et je ne tardai pas à me crisper tout en scandant son nom, de plus en plus fort.

— Mon Dieu, oui. Ne t'arrête pas, Grant. Je vais jouir. Oui !

Je franchis ensuite les portes de l'extase, le corps tremblant et les cuisses serrées autour de son visage tandis que l'orgasme me prenait tout entière. Grant, quant à lui, ne cessa de me lécher, bien que je tente de fuir.

— Assez ! m'écrié-je en gloussant tout en m'efforçant de le repousser et de me redresser.

Un sourire diabolique se dessina sur ses lèvres lorsqu'il se releva entre mes jambes pour défaire sa ceinture.

— Et si on continuait, juste un peu ?

Je tendis une main pour saisir sa queue désormais libérée de l'entrave de son pantalon et la guida près de ma chatte trempée.

— D'accord, juste un peu, ronronné-je.

Grant s'introduisit en moi et ses yeux emplis de tendresse croisèrent les miens.

— Joyeuse Saint-Valentin, bébé.

— Joyeuse...

Avant même que je ne puisse terminer la phrase, on sonna à la porte.

Grant n'arrêta pas ses coups de reins, mais je demandai nerveusement :

— Tu attendais quelqu'un ?

Il plongea au plus profond de moi et je dus réprimer un gémissement.

— Non. Ils finiront bien par partir.

On toqua alors lourdement à la porte et la voix d'un garçon retentit.

— Papa ? Tu es là ?

Grant s'arrêta net en moi et grommela :

— Quoi ?

Puis il se retira et se dépêcha de remettre son pantalon en place. Je bondis du plan de travail et mis la main à mes cheveux afin de m'assurer qu'ils étaient toujours coiffés. Hors de question d'avoir l'air dépravé pour ma première rencontre avec ses enfants.

— Tu es censé les avoir ce soir ? demandé-je tout bas tandis que Grant bouclait sa ceinture.

— Non. Pas avant demain. J'espère que ce n'est rien de grave.

Je me lavai les mains et m'occupai de la salade alors qu'il partait ouvrir la porte. J'entendis ensuite des voix s'exclamer :

— Joyeuse Saint-Valentin !

— Hé, vous trois, répondit Grant. Qu'est-ce que vous faites là ?

La porte se referma et une voix de fillette expliqua :

— On est venus fêter la Saint-Valentin avec toi !

Le petit groupe était désormais bien en vue. Grant se trouvait aux côtés de deux enfants qui lui ressemblaient fortement – et qui tenaient chacun un cadeau dans les mains –, et une femme éblouissante aux cheveux de jais avait une bouteille de vin dans la main.

— Ah bon ? demanda-t-il en jetant un regard interrogateur à celle qui ne pouvait être que Susan.

Cette dernière haussa les épaules.

— Ils avaient peur que tu te sentes seul.

— Maman a pensé qu'on devrait venir te faire une surprise et t'emmener à dîner.

— Mince, c'est vraiment très gentil de votre part, mais... commença Grant en se tournant vers moi, un sourire poli sur le visage. Mais mon amie Paige me prépare déjà à dîner.

— Mais, lâcha sa fille, nous sommes venus passer du temps avec toi.

Puis elle me jeta un regard appuyé avant d'ajouter :

— En *famille.*

Cela aurait dû être l'instant où Grant – ou son ex-femme – corrigeait Claire quant au fait qu'ils ne formaient plus une famille. Néanmoins, les deux parents gardèrent le silence et je restai plantée là, gênée.

Dans ce silence, il devint cruellement évident que Grant ne comptait pas mettre son ex et ses enfants dehors au profit d'un dîner en ma compagnie. Le minuteur du four se mit à sonner et je sortis son contenu, ôtai mon tablier, et le repliai avant de chercher mon sac à main.

Un sourire des plus convaincants se forma sur mes lèvres lorsque je me tournai vers la joyeuse petite famille.

— Je vais vous laisser profiter du dîner en famille, alors.

Susan sembla satisfaite – en effet, elle venait de gagner la bataille. Grant venait tout de même de me dévorer l'entrejambe, donc je n'avais pas totalement perdu ; même s'il l'avait choisie, elle.

Il me raccompagna à la porte en murmurant :

— Je suis vraiment touché que tu comprennes la situation. Je te rejoins dès qu'ils partent.

Je ne pus m'empêcher de sourire.

— Non. Je ne crois pas que ce soit une bonne idée. Reste donc et profite de la bouteille avec ta femme.

— *Ex*-femme, corrigea-t-il.

J'ouvris la porte de l'appartement en grand et répondis :

— C'est dingue, je n'aurais pas vu la différence. Joyeuse Saint-Valentin.

— Je t'appelle ce soir.

— Pas la peine, profite de ta soirée. On se reparlera la semaine prochaine.

— *La semaine prochaine ?* Paige, non, je...

Il tendit la main vers moi mais je reculai.

— Ton dîner va refroidir, répliquai-je avec dédain.

Puis je me rendis à ma voiture, la tête haute.

Une fois installée à l'intérieur, je refusai de pleurer – tout en sachant que je ne tiendrais pas en arrivant toute seule chez moi. Je décidai donc de me rendre dans le bar huppé de mon quartier, où je resterais jusqu'à la fermeture ; au cas où Grant pensait pouvoir me rejoindre au lit après m'avoir jetée comme une vieille chaussette pour son *ex-femme* et ses enfants.

Je comprenais que ses enfants étaient importants pour lui, bien sûr, mais il y avait des limites à ne pas dépasser en matière d’ex. Tant que Grant refusait d’en établir avec Susan, je n’étais pas certaine de vouloir continuer l’aventure.

*

Je fus surprise d’à quel point la soirée passa vite. Un groupe d’âmes égarées eut la gentillesse de m’inclure dans leur troupe et nous jouâmes au billiard et aux fléchettes tout en riant et en nous lamentant sur nos problèmes de cœur.

L’un des hommes du groupe proposa de me raccompagner – chose à laquelle je m’étais attendue, au vu de son attitude aguicheuse envers moi –, mais je refusai poliment. Bien que je fusse seule pour la Saint-Valentin, j’avais tout de même un petit ami. J’étais très contrariée par le comportement de Grant, mais je ne comptais pas le tromper – alors qu’il le faisait peut-être à cet instant précis.

Je plongeai la main dans mon sac afin de trouver mes clés et sentis mon téléphone vibrer comme quand j’avais un message ou un appel manqué. Dans mon cas, c’était les deux.

Grant : Bébé, je suis désolé. Il ne m’a fallu que 2 minutes pour comprendre que j’avais fait une connerie.

Eh bien, voilà qui améliora mon humeur, mais j’étais également contente de ne pas être rentrée à la maison, car j’aurais cédé et serais revenue dans ses bras.

Grant : Je peux venir, s’il te plaît ?

Grant : Paige ? Tu es là ?

Grant : Pourquoi est-ce que tu ne réponds pas ?

Mon absence lui avait donné une bonne leçon.

Grant : Je suis chez toi, mais tu n'y es pas. Ton ex-mari est là aussi, complètement bourré. Il pleure dans la cuisine.

Quoi ?

Le message suivant avait été envoyé moins d'un quart d'heure plus tôt.

Grant : Paige, j'aimerais vraiment que tu me dises au moins si tout va bien. Je suis toujours chez toi. Scott s'est endormi sur le canapé.

J'envoyai enfin une réponse.

Moi : J'arrive dans cinq minutes.

Grant : Bébé. Tu vas bien ?

Moi : Oui. Je n'avais pas envie de rester seule à la maison, c'est tout.

Grant : Je comprends. Roule doucement. Mais fais vite.

Je démarrai ma voiture en me demandant dans quel univers parallèle je venais de tomber.

Chapitre Seize

Grant

Je fermai la porte de l'appartement après le départ de Paige, un sentiment de malaise me déchirant l'estomac. Je venais de merder, puissance mille.

Lorsque Susan me rejoignit dans la cuisine afin de mettre le plat préparé par Paige *pour nous deux* dans des assiettes, elle se frotta à moi plus d'une fois – sa main s'attarda sur mon bras quand elle me tendit un verre du vin qu'elle avait apporté. J'essayai de l'ignorer, mais elle dit ensuite :

— Je suis si contente que l'on passe la soirée en famille. C'est très important pour les enfants.

Susan m'avait fait le même coup le trente-et-un décembre, et j'en conclus qu'elle était simplement jalouse de me voir fréquenter une autre femme.

Eurêka. Voilà de quoi il s'agissait.

Elle se fichait pas mal de nos enfants et du fait qu'ils passent ou non du temps avec moi. Non, Susan s'assurait que je ne profite d'aucune autre femme, malgré le fait qu'elle m'avait clairement fait comprendre que nous n'avions plus rien à faire ensemble.

— Mais c'est bien là le problème, Susan, répliquai-je. Nous ne sommes plus une famille ; enfin, pas comme nous l'étions avant. Tout cela a cessé lorsque le divorce a été prononcé.

Elle ouvrit la bouche pour protester mais je la fis taire en secouant la tête pour continuer.

— Et tu étais d'accord. Enfin, jusqu'à ce que tu découvres que je commençais à refaire ma vie. Et là, d'un coup, tu veux qu'on passe du temps ensemble, tous les quatre. Il va falloir que tu arrêtes ton cinéma.

— Que j'arrête mon cinéma ? C'est-à-dire ? Tu ne veux pas passer la Saint-Valentin avec tes enfants ?

Moi qui étais déjà agacé, j'étais désormais furieux.

— Si on en avait discuté au préalable, à la limite. Mais toi, tu te pointes ici sans prévenir, en sachant pertinemment que j'avais quelqu'un à l'appartement. C'est inacceptable. Tu donnes de faux espoirs aux enfants pour que je sois le grand méchant dans cette histoire, alors que je ne fais que vivre ma vie. J'ai le droit de fréquenter une femme autre que leur mère.

Puis je baissai la voix tout en me penchant vers elle pour enfoncer le clou.

— Et n'essaie pas de prétendre que tu ne voulais pas te débarrasser de moi. Ton souhait le plus cher a été exaucé et j'ai rencontré une femme. J'aime Paige et j'aimerais bâtir un avenir avec elle.

J'aime Paige.

Merde, j'aurais sans doute dû le lui dire avant de l'avouer à mon ex-femme.

— Donc, tu choisis cette femme que tu connais à peine plutôt que tes enfants ?

Était-ce de la stupidité ou une méthode de culpabilisation ? Avec Susan, je n'étais sûr de rien. Je lui lançai un regard abasourdi et répondis :

— Ça te paraît si impensable ? Je suis un adulte *divorcé*, nom d'un chien. J'ai le droit d'avoir une autre femme dans ma vie, et de voir mes enfants. Le fait est que nous allons partager leur garde pendant les sept prochaines années, Susan. Tu dois décider si tu veux faire de Paige une alliée ou une ennemie.

Mais laisse-moi te dire qu'elle est incroyable, donc tu ferais mieux de bien réfléchir.

Sans oublier que je pourrais t'écraser sans sourciller devant un tribunal, si besoin.

Je gardai cet atout dans ma manche – pour l'instant.

— Mangeons, ajoutai-je. Le dîner va être froid.

Mon ex-femme se montra beaucoup moins bavarde durant le dîner tandis que nos enfants discutaient gaiement en dévorant le repas romantique que Paige avait préparé pour moi. Je le savais délicieux mais étais bien incapable de l'apprécier à sa juste valeur – pas en sachant qu'elle souffrait par ma faute.

Je demandai aux enfants de m'aider à débarrasser la table après le dîner et nous nous installâmes sur le canapé.

— Vous avez bien mangé ? demandai-je.

— Ouais, c'était vraiment bon, répondit Connor avant que Claire ne hoche frénétiquement la tête.

— Très bon, assura-t-elle.

— J'en suis ravi, repris-je, parce que je sors avec la femme qui l'a préparé. Et j'aimerais que vous appreniez à la connaître.

— Mais... dit Claire d'un air plaintif avant que je ne la coupe.

— Non, pas de *mais*. Notre relation est sérieuse et vous, répliquai-je en prenant le soin de regarder Susan, devrez apprendre à l'accepter. Elle va faire partie de ma vie et, par extension, de la vôtre.

— Ce n'est pas juste, grommela Connor en nous désignant tous du doigt. *On* est une famille. Maman et toi devez vous donner une deuxième chance.

Je secouai la tête en soupirant.

— Mon grand, ça n'est pas près d'arriver. Ta mère et moi avons divorcé pour une bonne raison. Nous vivons mieux en tant qu'amis.

— Mais, intervint Claire, on fait des trucs en famille. Comme avant.

Susan garda le silence et je fus irrité par le fait qu'elle ne prenne pas ma défense. Enfin, c'était en accord avec sa stratégie jusqu'ici : me faire passer pour le méchant.

— Je comprends que vous soyez perturbés et j'en suis désolé, dis-je. C'était une erreur. Nous n'aurions pas dû le faire, et nous ne le referons plus.

— Tout ça, c'est la faute de cette femme ! cria mon fils.

— Non, Connor, réprimanda Susan, à ma grande surprise. Ce n'est pas la faute de l'amie de ton père.

— Paige, corrigé-je. Elle s'appelle Paige.

— Ce n'est pas la faute de Paige. J'aurais dû appeler votre père pour lui demander s'il pouvait nous recevoir. C'était malpoli de ma part d'arriver à l'improviste.

Elle n'était pas très convaincante et les enfants lui jetaient des regards assassins, mais j'acceptai le peu de soutien qu'on voulait bien m'offrir. Bien sûr, il faudrait du temps aux enfants pour accepter cette nouvelle vie, mais c'était un début.

Je leur rappelai donc que je les verrais le lendemain et les raccompagnai à la porte.

— Désolée d'avoir gâché ta Saint-Valentin, déclara doucement mon ex-femme avant de sortir.

M'avait-elle déjà présenté des excuses ? Impossible de m'en souvenir.

— Merci. Ça me touche.

Je pensai alors aux cadeaux que j'avais achetés à Paige et qui se trouvaient dans mon armoire, sans oublier les fleurs que j'avais apportées en arrivant.

— Avec un peu de chance, je pourrai arranger ça.

Je fermai les yeux et grogna en entrant dans ma chambre, où le lit était couvert de pétales de roses. Je n'aurais pas pu merder plus, même en me donnant à fond. Et il fallait absolument que je fasse part de mes sentiments à Paige – au plus vite. Peut-être devrais-je attendre qu'elle se calme, mais bientôt.

Lorsqu'elle ne répondit pas à mes messages, je décidai de me rendre chez elle. *Inquiet* ne suffisait pas à décrire l'état dans lequel je me trouvai en voyant la BMW de Scott, garée à la va-vite dans son allée. Son ex était chez elle, durant la soirée la plus romantique de l'année, et Paige m'avait quitté contrariée sans répondre à mes messages. J'imaginais déjà le pire.

Alors que je m'approchais du porche, j'hésitais entre sonner à la porte et entrer directement – ou me cacher dans les buissons comme un voleur pour essayer d'apercevoir l'innommable.

J'optai pour la première option, bien que ça ne soit pas très correct, afin d'être fixé. L'effet de surprise ne pouvait être qu'à mon avantage.

Je trouvai alors Scott, seul dans la cuisine et en train d'ouvrir une boîte de macaronis au fromage – ou d'essayer, du moins.

— Hé, Scott, dis-je en entrant. Qu'est-ce que vous faites là ? Où est Paige ?

Il tituba devant l'îlot de cuisine et me répondit en mangeant ses mots :

— C'est *moi* qui ai acheté cette putain de barraque. Pas toi.

Scott me regarda ensuite avec dédain en déchirant le couvercle de la boîte en carton.

Je n'allais pas me disputer avec un type aussi éméché.

— En effet, et elle est très belle, assurai-je en forçant un sourire sur mon visage tout en m'approchant de lui. Mais où est Paige ?

Mon inquiétude changea totalement de paradigme. Paige était-elle enfermée à la cave ?

— Qu'est-ce que j'en sais, moi ? Je croyais qu'elle était avec *toi*.

Scott ne vit même pas que l'eau dans sa casserole commençait à déborder, et j'allai donc baisser le feu au minimum.

— Donc, vous ne l'avez pas vue de la soirée ?

— Non.

— Pourquoi n'êtes-vous pas avec Whitney et votre bébé ?

Il posa la boîte sur l'îlot avant de plonger la tête entre ses mains.

— Je n'ai même pas envie de la voir, et notre fille est déjà son portrait craché : une putain d'enfant gâtée.

Scott secoua la tête, toujours enfouie dans ses mains, et reprit ses lamentations.

— Paige s'est toujours assurée que nos enfants comprennent la valeur des choses, qu'ils soient reconnaissants. Que notre maison soit un *foyer*. Je veux retrouver ça. Je veux la retrouver, *elle*. Je veux que mes enfants me regardent à nouveau avec fierté. Je veux retourner à mon ancienne vie.

Il leva la tête et inspecta les alentours.

— Là. Voilà où est ma place. À manger les petits-déjeuners de ma femme, et pas des putains de choux passés au mixer dans le taudis qu'elle appelle une maison et qui est plus stérile que l'hôpital où je travaille.

Sans crier gare, il plongea sur moi.

— Je veux récupérer ma femme, sale fils de pute !

J'esquivai aisément son coup de poing ralenti par l'alcool, mais décidai tout de même de faire le tour de l'îlot pour rester à distance.

Je me sentis presque désolé pour lui, puisque je commençais à comprendre ce qu'il ressentait, après avoir perdu Paige. En voyant l'épave qui se tenait devant moi, le visage à nouveau plongé dans ses mains, je me promis de ne jamais commettre ses erreurs.

Je pris la boîte de macaronis et détacha le sachet qui contenait le fromage avant de plonger les pâtes dans l'eau bouillante.

— Laissez-moi vous aider avec ça.

Je pensais que Paige en aurait fait de même.

Pendant la cuisson, j'envoyai un nouveau message à Paige afin de lui décrire la scène – et qu'elle comprenne ainsi mes inquiétudes. Toujours aucune réponse.

Après le maigre repas, je parvins à installer Scott sur le canapé du salon et allai chercher les roses dans ma voiture pour les disposer dans un vase sur le meuble de la salle de bain. Puis, je plaçai le paquet dans le placard de Paige – elle le trouverait le lendemain. J'avais dû sortir l'acheter dans l'après-midi lorsque ma secrétaire m'avait indiqué que mon premier cadeau n'était pas approprié.

— Qu'est-ce vous me chantez ? Elle va adorer. Elle adore cuisiner, avais-je dis.

Valérie s'était contentée de secouer la tête, comme si j'étais idiot.

— On n'offre jamais, et je dis bien *jamais*, un cadeau purement pratique à une femme pour son anniversaire ou pour une occasion pareille. Vous lui donnerez le Blender 5000 la semaine prochaine. Vous lui direz que vous *pensiez à lui faire plaisir*. Mais pas de mixer pour la Saint-Valentin, voyons. Ne partez pas non plus uniquement sur de la lingerie car, soyons honnêtes, le cadeau est davantage pour vous que pour elle.

Je n'étais pas vraiment d'accord et avais répondu :

— Je crois que vous vous trompez. Susan et moi nous sommes toujours offerts des cadeaux pratiques...

Elle avait posé une main sur sa hanche en levant un sourcil.

— Et quel a été le résultat ?

Pas très bon, évidemment. Néanmoins, je n'allais pas l'admettre à voix haute et avait donc grommelé :

— Si vous n'étiez pas aussi efficace, je vous trouverais une remplaçante.

Puis j'avais enfilé mon manteau pour partir en quête d'un meilleur cadeau. Tout de même, le négligé rouge en dentelle serait remis à Paige dans la soirée.

— On ne se trompe jamais avec un bijou ! s'était exclamée Valérie d'un ton amusé.

Je n'étais pas sûr qu'une bague soit une bonne idée à ce stade, mais Paige aimait beaucoup les colliers et mon choix se porta sur un cœur entouré de diamants porté par une fine chaîne en or. « Délicat, mais sophistiqué », selon la vendeuse. Enfin, elle cherchait sans doute à toucher sa commission - même si le prix du collier n'avait eu aucun impact sur ma décision. Je gagnais très bien ma vie, même en comptant les prestations compensatoires et la pension alimentaire que je versais chaque mois à Susan.

J'aurais préféré voir la réaction de Paige en personne et étais presque sur le point de m'en tenir au plan initial, mais en décidai autrement. Je voulais que le collier lui revienne, même si la belle ne désirait plus jamais me voir. La boîte contenant le négligé se trouvait toujours dans la voiture – impossible qu'elle veuille le porter pour le moment.

Je lui envoyai un dernier message en l'implorant de me dire si tout allait bien pour elle. Fort heureusement pour moi, Paige répondit immédiatement en expliquant qu'elle arriverait cinq minutes plus tard. J'allai donc l'attendre dans la cuisine.

Elle entra par la porte du garage et me trouva en train de faire la vaisselle.

— Hé, dit Paige en se tenant dans l'embrasure de la porte tout en examinant les alentours. Est-ce que j'ai vraiment envie de savoir ce qui se passe ?

— Eh bien, Scott roupille sur ton canapé. Je crois qu'il est venu ce soir avec la ferme intention de se battre avec moi pour te reconquérir.

Elle se laissa tomber sur un des tabourets de l'îlot, son sac à main sur les genoux.

— Oh là là. Et comment la situation a-t-elle évolué au point de manger et de faire la vaisselle ?

Je ricanai.

— J'imagine que l'alcool donne faim. Il préparait des macaronis au fromage quand je suis arrivé et je me suis dit que le meilleur moyen d'éviter l'incendie était de le faire pour lui.

Paige écarquilla les yeux avant d'éclater de rire.

— Tu lui a fait des macaronis au fromage ?

Je haussai les épaules.

— Je pensais que c'est ce que tu aurais fait.

— Merci, dit-elle avant de se mordre l'intérieur de la joue en hochant la tête.

Je remarquai des larmes lui monter aux yeux et m'essuyai donc rapidement les mains avant de m'approcher d'elle.

Je lui caressai les bras de bas en haut tout en cherchant son regard.

— Je n'aurais pas dû ? Pourquoi ces larmes ?

— Tu es si gentil. Mais je ne veux pas que tu le sois. Je veux être en colère.

Je ne pus réprimer mon sourire alors qu'une de mes mains se baladait dans son dos d'un air hésitant.

— Je ne t'en veux pas pour ça. Je le mérite.

— Oui. Cette soirée était censée être spéciale. Tu as une idée de l'embarras que j'ai ressenti en prenant la porte pour que ton ex-femme et toi puissiez boire un bon vin le soir de la Saint-Valentin en jouant à la parfaite petite famille ? En mangeant le plat que *j'ai* passé l'après-midi à préparer ?

— Je sais, bébé. *Je sais*. J'ai merdé en beauté. Mais j'ai déjà mis les choses au clair avec Susan. Il n'y aura plus de visites à l'improviste et de temps en famille tous les quatre. Je leur ai expliqué, à tous, que tu faisais partie de ma vie.

Je la tirai contre moi et, face à sa soumission, décidai de tenter le diable en passant un bras autour de sa taille. Seuls quelques centimètres nous séparaient lorsque je murmurai :

— Pour toujours, si ça ne tenait qu'à moi.

Sans même lui donner le temps de répondre, je capturai ses lèvres avec les miennes. Paige se montra d'abord raide, mais il ne lui fallut pas longtemps pour se détendre contre moi.

Et voilà, pensai-je.

— Je t'en veux toujours, dit-elle tout bas lorsque je me retirai pour me blottir dans son cou.

— Je sais, et je te promets que je vais me rattraper. Est-ce qu'on pourrait recommencer la journée ?

Je la sentis hocher la tête tandis qu'elle murmurait :

— Et je suis vraiment contente de te voir ici. Je n'aurais pas voulu affronter Scott toute seule.

Ses mots me crispèrent la colonne vertébrale.

— Tu crois qu'il te ferait du mal ?

— Ah, non ! Pas du tout. Mais il est vraiment agaçant quand il est saoul. Impossible de lui faire entendre raison.

Je ris.

— J'ai vite compris, oui.

Paige se mordit l'intérieur de la lèvre à nouveau – chose qu'elle faisait souvent lorsqu'elle était stressée.

— Je me demande si on devrait appeler Whitney pour lui dire qu'il est là. Est-ce que ça empirerait les choses ?

— Et si on lui appelait un taxi pour le ramener chez lui ? Comme ça, il rentrera sain et sauf, et pourra décider de quand l'annoncer à sa femme.

D'autres raisons me poussaient également à vouloir que Scott quitte la maison – des raisons qui n'avaient rien d'altruiste.

Paige hocha la tête et pianotait déjà dans le répertoire de son téléphone. Elle porta l'appareil à son oreille et répondit :

— Bonne idée. Je n'ai vraiment pas envie de me mêler de son mariage, si je peux m'abstenir.

Puis elle discuta avec la compagnie de taxis à l'autre bout du fil.

Cinq minutes plus tard, nous réveillions Scott du canapé.

— Paige, ma chérie ? C'est toi ? demanda-t-il en mangeant ses mots tout en lui adressant un regard respectueux.

— Oui, c'est moi, confirma-t-elle d'un ton plus doux que je ne l'aurais voulu. Allez, tu dois te lever. Un taxi arrive pour te ramener chez toi.

— Je ne veux pas partir, Paige. Je ne veux pas de Whitney… c'est toi que je veux. Je suis vraiment désolé. J'ai tout foutu en l'air. J'avais une vie parfaite avec toi, et j'ai merdé. Je suis le dernier des cons.

Il sanglota ensuite.

— On dirait que c'est la nuit des excuses, répondit Paige en haussant un sourcil dans ma direction. Scotty, tu es ivre. Tu changeras d'avis demain, je te le promets.

Nous le soulevâmes alors du canapé et Scott m'ignora totalement tandis que Paige poursuivait, d'un ton réconfortant :

— Tu es un docteur talentueux, plein aux as, et tu as une belle jeune femme pour épouse, ainsi qu'une adorable petite fille. Beaucoup d'hommes seraient jaloux. Maintenant, rentre chez toi et présente-lui des excuses. Dis-lui que tu as eu une grosse journée à l'hôpital. Mais ne lui dis *pas* que tu n'as pas envie de vivre avec elle. Pas ce soir. Tu comprends ce que je te dis ?

— Pardon d'avoir gâché ta vie, répondit-il alors que nous avancions maladroitement vers la porte.

— Mais tu ne l'as pas gâchée du tout. Nous avons deux enfants merveilleux que je n'échangerais pour rien au monde. Et, crois-le ou non, j'étais très heureuse durant notre mariage.

— J'étais un mari de merde. Je...

Elle l'interrompit en lui tapotant le torse tout en ouvrant la porte. Sa voix fut bien plus ferme que précédemment.

— Scott. Ça suffit. Laisse tomber. Je ne veux pas en savoir plus que je n'en sais déjà, d'accord ?

Le taxi arriva et nous l'installâmes à l'intérieur. Paige donna ensuite l'adresse au chauffeur ainsi que le paiement.

Les derniers mots de Scott me furent adressés.

— Ne la laisse pas filer.

— Je n'y compte pas, répliquai-je d'un ton bourru en me rapprochant de la porte.

— Connard ! s'écria-t-il tandis que le taxi partait.

Je ricanai alors en refermant la porte, un bras autour de la taille de Paige.

Le malheur de Scott Hayes faisait certainement mon bonheur, et je ne comptais pas du tout gâcher ma chance avec Paige.

— Allez, bébé. Il est temps que je me fasse pardonner.

À genoux, et la tête entre tes cuisses, de préférence.

Chapitre Dix-sept

Paige

Je devais admettre que Grant savait comment se faire pardonner.

Après avoir mis Scott dans un taxi, nous rentrâmes à l'intérieur où il se tint dans l'entrée, gêné et avec un regard de chien battu.

— Puis-je avoir le droit de retenter ma chance ce soir ? S'il te plaît ?

— C'est-à-dire ?

— On repart à zéro pour cette Saint-Valentin. Comme si ça n'avait jamais eu lieu. Cette année, ce sera le vingt-deux, pas le quatorze.

Je souris face à cette idée, puis me repris et fronçai les sourcils afin de ne pas me montrer séduite si facilement.

— Je ne te referai pas à dîner.

Grant fit un pas hésitant dans ma direction et vint me ramener une mèche de cheveux derrière les oreilles.

— J'appellerai un traiteur.

— Je veux des roses fraîches.

Il sourit et tira mes cheveux entre ses doigts avant de murmurer :

— Je t'en enverrai une douzaine tous les jours jusqu'à la fin de l'année. Merde, jusqu'à la fin de tes jours... donne-moi simplement une chance de me rattraper.

Du bout des doigts, il me caressa l'épaule tout en l'observant comme s'il n'en avait jamais vu une de sa vie.

— D'accord, acceptai-je doucement. Cette année, la Saint-Valentin se tiendra le vingt-deux.

Un sourire vint illuminer son beau visage et ses yeux marron s'écarquillèrent devant les miens.

— Vraiment ?

J'acquiesçai en réprimant un sourire.

— Vraiment.

Nous restâmes plantés là, dans l'entrée. Je voyais bien que Grant ne savait pas trop quoi faire et décidai de ne pas lui faciliter la tâche. Ma colère m'avait déjà quittée bien trop rapidement. Enfin, pour ma défense, ses excuses sincères et la façon dont il avait géré les événements de la soirée avec Scott ne pouvaient que le rendre moins détestable.

— D'accord, donc...

Il joignit les mains et se balança légèrement d'avant en arrière.

— Je, euh, j'imagine que je vais y aller...

Il marqua une pause afin de me laisser l'occasion de protester. Je choisis de garder le silence tout en le regardant, un sourire sur les lèvres.

— Donc, ça te va si j'appelle demain ? Pour t'emmener déjeuner ?

— J'aimerais bien, oui.

— Génial.

Il se traîna lentement vers la porte, mais se retourna brusquement avant de l'ouvrir.

— Je suis vraiment désolé, Paige. Ce n'est pas du tout comme ça que j'avais imaginé cette soirée.

— Je sais, dis-je tout bas. Moi non plus. Heureusement qu'on arrangera ça le vingt-deux.

— Oui, assura Grant en souriant nerveusement avant d'ouvrir la porte. Heureusement.

Alors qu'il faisait un pas dehors, je l'appelai.

— Oui ? demanda-t-il en se retournant immédiatement.

Je fis honneur à la nuit de notre première rencontre, avec plus d'assurance cette fois-ci.

— Serais-tu intéressé par une nuit avec moi ? Nous ne sommes pas obligés de faire l'amour, de baiser, ou de se tringler... qu'importe ce qui se dit de nos jours. Enfin, je ne suis pas opposée à l'idée, mais je n'ai pas envie d'être seule ce soir et j'aimerais m'endormir dans tes bras.

Il sourit de toutes ses dents lorsqu'il revint à l'intérieur avant de refermer la porte derrière lui en répétant son horrible réponse :

— Je ne suis donc qu'un simple répit à ta solitude, Paige ?

Forte de bravoure, je fis un pas en avant et passai les doigts le long de son torse tandis que je le regardais dans les yeux en secouant la tête.

— Non, tu es *mon rempart* face à la solitude. Et face au reste.

Grant me caressa les joues, les lèvres à quelques centimètres des miennes, et murmura :

— J'aime bien cette idée. Je te promets de ne plus jamais te blesser. Tu peux me confier ton cœur.

— Tant mieux, parce que tu l'as déjà.

— Je t'aime, Paige. Je me fiche de savoir s'il est encore trop tôt pour le dire, ou si je suis censé attendre que tu le dises en premier après une dispute... je t'aime. J'étais sans doute déjà amoureux de toi, à cet endroit précis, la veille de Noël.

Mon esprit me ramena à nos cochonneries de la soirée après le réveillon et mes joues virèrent au rouge.

— Ne confonds pas l’amour et la passion.

— Pas du tout. J’ai ressenti un lien se tisser entre nous durant la soirée chez Travis. Mais le fait que nous soyons si compatibles sexuellement n’a fait que confirmer mes impressions. Depuis cette nuit-là, mon amour ne fait que se renforcer un peu plus chaque jour.

— Je t’aime aussi, répliquai-je sans la moindre hésitation.

— Je sais que nous avons encore des choses à régler – surtout concernant Claire et Connor –, mais je n’irai nulle part, bébé. Surtout pas quand je sais que tu m’aimes aussi.

Je le regardai en faisant la moue, d’un air sceptique.

— Allons. Tu doutais vraiment de mes sentiments pour toi ?

— Je voudrais être arrogant et te dire non, mais ce serait mentir. Quand j’ai vu Scott pleurer dans la cuisine, j’ai eu peur de partager son destin en te perdant.

— J’étais en colère contre toi. Je n’allais pas te rayer de ma vie. Je voulais simplement que tu te rattrapes et que tu me dises que tu me voulais, moi. Et pas Susan.

— Oh que non, dit Grant en me prenant par la taille. Pas Susan. Personne d’autre que toi. Ma place est à *tes* côtés.

Avec un sourire diabolique sur le visage, je me tournai vers les escaliers en ronronnant :

— Il se pourrait que tu doives me le prouver.

Et voilà comment je me suis retrouvée nue en ce quatorze février, malgré tout.

Épilogue

La veille de Noël, un an plus tard

Grant

— Qu'est-ce que tu fous ici ? demanda mon associé Travis en me voyant arriver au bureau. Tu n'as pas une fête à préparer ce soir ?

— Dit l'homme aux trois enfants et à la femme formidables qui l'attendent chez lui.

Des années plus tôt, je n'aurais jamais imaginé mon ami, un célibataire endurci, se poser et fonder une famille. Mais il avait accepté la vie de père et de mari tout en s'occupant à merveille d'Ava et de leurs enfants.

— Ava me dit que ta nouvelle maison est incroyable.

— Et elle l'est, avouai-je. J'adore ouvrir les fenêtres la nuit et m'endormir au son des vagues.

— Et avoir Paige à côté de toi ne doit pas faire de mal non plus. Il devra être mentionné dans les livres d'histoire que *j'ai* eu un rôle à jouer là-dedans, puisque c'est à ma fête que tu l'as rencontrée.

— Ça ne fait pas de mal du tout. Une très bonne année, pour sûr. Et ne t'inquiète pas, je rendrai à César ce qui est à César. Si tu es sage, je t'inviterai peut-être même au mariage.

Travis haussa un sourcil.

— Je croyais que vous y alliez en douceur.

Je ricanai.

— Emménager ensemble au bord de l'océan, ce n'est pas vraiment ma définition de la douceur. Enfin, qui sait si elle dira oui.

Je me montrais assez modeste, mais il était dans mes habitudes de ne pas poser de questions auxquelles je n'avais pas encore les réponses.

— Quand vas-tu faire ta demande ?

— Je pensais la faire aujourd'hui, pour qu'on puisse faire de ce soir notre fête de fiançailles.

Travis, qui avait déjà transformé un trente-et-un décembre en une réception surprise pour son mariage, hocha la tête.

— J'aime bien ton style, répondit-il en souriant.

— Donc, pour répondre à ta première question, je suis là pour récupérer la bague qui se trouve dans mon bureau. Mais tu n'as pas répondu à la mienne. Qu'est-ce que tu fais là, la veille de Noël ?

— Toute la famille d'Ava est réunie donc elle passe la matinée chez ses parents. Je voulais simplement finir quelques trucs avant le début officiel des vacances.

Nous fermions toujours le bureau entre Noël et Nouvel An. Dans notre cabinet, personne n'était autorisé à l'intérieur du bâtiment durant cette période – associés inclus.

— Tu sais, ça doit être la première fois depuis bien longtemps que je ne vais absolument pas travailler durant les vacances. Nos enfants vont tous venir en même temps.

— Je croyais qu'ils s'étaient déjà rencontrés cet été ? Tu ne m'as pas dit que Connor avait passé son temps à suivre Chad comme s'il était son grand frère ? Et Stella a appris à Claire à jouer au tennis, non ?

— Ils se sont déjà vus, oui, mais Paige avait toujours sa maison et moi mon appartement. Ils n'ont jamais vécu sous le même toit.

— Pas même à Thanksgiving ?

— Non. Claire et Connor étaient chez Susan.

Travis me tapota l'épaule.

— Je suis certain que vous ferez un très bon remake de *Brady Bunch*. Enfin, les Brady ne vivaient pas au bord de l'eau.

Je repensai alors à ma jeunesse, lorsque la série passait à la télé, et soupirai.

— Tout était si simple, quand on les voyait faire.

Mon ami me jeta un regard pensif.

— Paige et toi êtes faits l'un pour l'autre. Le reste se fera tout seul.

Je n'étais pas vraiment convaincu, mais j'appréciais son assurance.

****

Paige

— Hé, ma belle, dit Grant depuis l'entrée de la cuisine.

Il faisait de la place pour les employés du traiteur qui allaient et venaient tandis que l'océan Pacifique brillait sous le soleil en arrière-plan. Il souleva un sac provenant du Golden Dragon et je remarquai une serviette pliée sur son autre bras.

— Tu as le temps pour un déjeuner sur la plage avec moi ? demanda-t-il.

— Non, dis-je en souriant tandis que je m'approchais de lui, prête à l'embrasser. Mais pour toi, je le trouverai.

— Voilà la Paige que j'aime, répondit Grant avant de m'embrasser doucement.

Il me prit ensuite par la main et me guida vers les portes-fenêtres qui menaient au patio en ajoutant :

— Allez, mangeons.

Alors que nous foulions le sable en nous éloignant de la maison, il remarqua :

— Tu sais quel jour on est aujourd'hui...

— Précisément un an après notre première rencontre.

Grant hocha la tête.

— L'année dernière, les astres se sont alignés et t'ont mise sur mon chemin.

— Notre rencontre me fait croire au destin, c'est indéniable.

Il était adorable de le voir étendre la serviette avec soin sur la plage avant de sortir mes plats chinois préférés du sac.

— Bébé, c'est si gentil de ta part ! m'exclamai-je en ouvrant la boîte contenant les assiettes et couverts en plastique.

— Eh bien, tu refusais que je t'aide, donc je me suis dit que je pouvais au moins te donner à manger.

Je marquai une pause.

— J'espère que tu ne penses pas que je ne voulais pas de ton aide, ou que tu ne pouvais pas m'aider. Je me disais simplement que tu préférerais que je m'en charge. Je te faisais plaisir, en quelque sorte.

Grant me prit la main pour la serrer dans la sienne.

— Tu es la maîtresse de maison. Je ne vois aucun mal à ce que mon aide ne soit pas voulue ou nécessaire. Mais, je voulais tout de même m'occuper de toi.

— Tu fais du très bon travail, dis-je en souriant.

Il se pencha plus près de moi.

— Et si je te disais que je voulais en faire un travail à plein temps ?

Il me fallut un instant pour digérer ce que ses paroles signifiaient, même si mon cerveau n'était pas certain de suivre.

Je penchai la tête et demandai :

— Es-tu en train de me demander de...

Le vent vint balayer une mèche de cheveux sur mon visage et Grant la remit en place.

— Je sais que tu es un peu frileuse là-dessus ; tout comme moi. Mais cette fois, nous sommes plus âgés et plus sages. Nous comprenons ce qu'il faut pour qu'un mariage tienne. Je crois que nous mènerions une très belle vie ensemble, en tant que mari et femme. Paige, veux-tu m'épouser ?

Je pris son visage entre mes mains alors que les larmes me montaient aux yeux.

— Je crois que nous formerions un beau ménage, tous les deux. Je serais ravie d'être ta femme.

Il vint alors m'embrasser tendrement avant de sortir une boîte en velours bleue du sac en plastique. Je l'ouvris donc et eus le souffle coupé devant le diamant ovale d'au moins deux carats et demi, entouré de petits pavés eux aussi en diamant. La bague en elle-même en était également couverte.

— Grant, elle est magnifique.

Il la souleva de l'écrin en satin couleur crème et la glissa autour de mon annulaire.

— La taille parfaite, murmura-t-il avec fierté.

Les rayons du soleil donnaient à la bague un aspect irréel tant les diamants brillaient.

— Alors, est-ce que tu veux qu'on annonce nos fiançailles ce soir ? demandai-je. Ou on reste discrets ?

— Oh que non, pas de cachotteries, grogna Grant avant de me donner un baiser sur la main d'un air possessif.

— D'accord, on fête nos fiançailles ce soir, alors. Mais quand veux-tu te marier ?

— Pourquoi pas la Saint-Valentin ? À Aruba ?

Je me penchai pour l'embrasser à nouveau.

— Un programme parfait.

— Pas de rattrapage, cette fois, avertit-il sévèrement. Que ce soit pour le mariage ou pour la Saint-Valentin. C'est la bonne.

Je posai la tête contre son épaule et acquiesçai doucement.

— C'est la bonne.

****

Grant

Le divorce, ça ne pardonne pas – et j'y crois toujours. Mais des cendres de mon premier mariage, un nouvel amour a fleuri. Un amour qui n'aurait pas eu l'occasion de naître si j'étais resté dans une union moribonde. Ainsi, même si je ne souhaiterais jamais revivre ce changement de vie – et de paradigme –, ce dernier m'a donné une deuxième chance en amour. Je dispose, cette fois-ci, d'assez de recul pour apprécier la perle qu'est Paige Carson. Le Père Noël lui-même n'aurait pas pu trouver meilleur cadeau à m'offrir.

****

Remarque de Tess

Je vous remercie d'avoir lu l'histoire de Paige et Grant ! J'espère que vous avez pris autant de plaisir à la lire que moi à l'écrire.

Si vous avez apprécié ce livre (ou non), puis-je vous demander de laisser un commentaire sur la plateforme où vous l'avez acheté ? Ces commentaires sont très importants pour que d'autres lecteurs s'intéressent à mes œuvres – que vous les aimiez ou non, votre avis est toujours le bienvenu !

Bisous,

Tess

Pour en découvrir plus sur mes romans, visitez mon site web : www.TessSummersAuthor.com

Et pour être parmi les premiers à recevoir des informations sur mes prochaines publications, du contenu exclusif, et bien plus encore, inscrivez-vous à ma newsletter ! https://www.subscribepage.com/tesssummersfranaisenewsletter

Remerciements

M. Summers : Que puis-je dire ? Tu es un gars super et j'ai beaucoup de chance de t'avoir dans ma vie, voilà tout. Merci de m'avoir épousée il y a vingt-neuf ans. Je t'aime.

Sylvain Mark : Merci, merci de transporter mes écrits dans la langue de Molière. J'apprécie énormément !

Plume Editing : Merci de toujours rapprocher mes romans de la perfection. Je te suis très reconnaissante pour le soin que tu apportes à chacun d'entre eux.

Renee Rose et A.L. Jackson : Merci d'être les deux meilleures amies que tout le monde devrait avoir. Vos conseils et vos encouragements me touchent. Je vous adore, toutes les deux.

Tous les membres du groupe Facebook *Tess Summers' Sizzling Playhouse* : Vous arrivez toujours à me remonter le moral, jour après jour. Merci de me soutenir autant. Vous êtes géniaux.

À toutes celles et ceux qui ont recommandé mes livres, qui m'ont contactée, ou qui m'ont laissé un commentaire : Ça me touche bien plus que vous ne pourrez jamais l'imaginer. Merci.

Enfin, à mes lecteurs : Merci de me permettre de partager mes histoires avec le reste du monde. Vous êtes la raison qui me pousse à sortir du lit chaque matin et à me bouger. Les mots me manquent pour exprimer l'étendue de ma gratitude à votre égard. Gros bisous à vous.

D'autres œuvres de Tess Summers:

Braver ses Défenses

Toute action entraîne une réaction…

Elle n'allait pas sortir avec Ryan Kennedy.

Point barre. Fin de l'histoire.

Peu importe que le charme du pompier si sexy suffisait à faire imploser les ovaires de toutes les femmes qui croisaient sa route.

Les siens étaient épargnés. Oh que oui.

Grace avait du pain sur la planche – finir ses études de psychiatre et garder les pieds sur terre pour son internat imminent – et ne comptait pas laisser quoi, ou qui, que ce soit la distraire.

Le pompier pouvait s'en donner à cœur joie, mais ça ne changerait rien.

Qu'importe la largeur de ses épaules – ou la beauté de ses cheveux en bataille.

Et qu'importe ce que son sourire charmeur faisait à ses entrailles.

Il. Ne. Se. Passerait. Rien.

Impossible.

Fréquenter Ryan Kennedy la condamnerait à faire le tour de toutes les bouches. La pauvre ne pouvait pas se permettre de revenir au centre des ragots. Pas maintenant. L'enjeu était trop grand.

Mais le pompier si sexy semblait déterminé à braver le feu de ses doutes.

Et rester éloignée de lui semblait de plus en plus impossible… https://www.amazon.fr/dp/B0CWCTD33K

C'est la Bonne

Le Mécano et L'Héritière

Scène sociale de San Diego, Livre 5

Des tatouages, des muscles et une barbe ? Oh là là.

Ben McCallister ne ressemblait à aucun homme avec lequel l'avocate Harper Finch était sortie. Premièrement, ses mains étaient rugueuses et calleuses à force de travailler toute la journée dans son garage. Deuxièmement, ses bras, son dos et son torse musclés étaient couverts de tatouages. Troisièmement, il conduisait une Harley. Les hommes avec qui Harper sortaient étaient de ceux que son père accepterait : des cols blancs, des mains aussi douces que les siennes, et avec peut-être un minuscule tatouage caché sur l'épaule.

Mais quelque chose chez cet homme viril lui plaisait... sa douceur et sa générosité – en dehors de la chambre à coucher, bien sûr. À l'intérieur ? Disons simplement qu'il ne se contrôlait plus, ce qui convenait parfaitement à Harper.

Ben était un rêve devenu réalité. Seulement, sa famille et son lourd secret rendait tout rêve impossible... Elle devrait se contenter d'une amourette d'été.

Elle aurait pourtant dû se douter que Ben McCallister ne se contenterait pas de si peu.

https://www.amazon.fr/dp/B0CJ4XXXCS

Cendrillon et le Marine

Scène Sociale de San Diego, Livre 4

Une nuit. Pas d'attaches. Qu'est-ce qui pourrait mal tourner ?

Cooper

J'étais plutôt heureux de vivre la vie insouciante d'un célibataire prospère. De l'argent à dépenser, des femmes à n'en plus finir, aucun engagement, aucun problème – la belle vie. Du moins, c'est ce que je pensais jusqu'à ce que je tienne la petite fille d'un ami dans mes bras et qu'elle me sourie.

C'est à ce moment-là que j'ai réalisé ce qu'était la vie, la vraie. C'est aussi à ce moment-là que je me suis rendu compte que j'avais besoin de trouver une femme avec qui avoir un enfant.

La chasse à la parfaite candidate peut commencer, mais... d'abord, je devrais peut-être avoir une dernière aventure - vous savez, un dernier coup d'éclat.

Kate

Grâce à quelques mauvaises décisions, je suis serveuse pour me payer l'université. Ce n'est pas toujours facile, mais je suis déterminée à m'en sortir et à assumer mes responsabilités.

Néanmoins, je reste une femme. J'ai des besoins. Je n'ai tout simplement pas le temps pour quelque chose de sérieux. Naturellement, quand un Marine chaud comme la braise me propose une aventure d'un soir, je suis tout à fait d'accord.

Hélas... il s'avère qu'il désire plus que ce que je suis prête à donner. https://www.amazon.fr/dp/B0CBCXRNBX

Prêt à Tout

Scène Sociale de San Diego, Livre 3

Être prêt à tout n'a jamais été aussi amusant.

Cassie

Je suis une femme à la carrière fulgurante. Le succès me colle à la peau et je suis rarement satisfaite par autre chose que ce qui se fait de mieux – y compris dans ma vie amoureuse. Si tu me veux, tu as intérêt à venir préparé, car je ne suis pas une adepte des séries B.

La seule chose qui m'intéresse, c'est ma carrière. Aucun homme n'est assez fort pour me dompter. Ni assez courageux pour secouer mon univers. Ni assez confiant pour gagner mon cœur. Mais je n'ai jamais rencontré un homme comme Luke Rivas.

Luke

Cassie est une femme fougueuse, explosive et exigeante qui dispose d'assez d'assurance pour intimider les hommes les plus aguerris. Elle est passionnée, ambitieuse et n'est clairement pas intéressée par l'idée d'une relation à long-terme.

Mais voilà le hic, je la veux, et une fois en ma possession, elle ne pourra plus résister à mon charme.

Je vais briser cette carapace rugueuse qu'elle porte si bien autour d'elle et la soumettre à ma volonté. Pour moi, elle fera une entorse à chacune de ses règles. Et pour arriver à mes fins...

Je suis prêt à tout.

https://www.amazon.fr/dp/B0BWGKSMYZ

Tess Summers

Le Désir du Général

Scène Sociale de San Diego, Livre 2

Il est facile de se laisser séduire, mais tomber amoureux est plus difficile qu'on ne l'aurait imaginé.

Brenna Roberts n'a pas eu beaucoup de chance avec les hommes, entre son défunt mari coureur de jupons et le lapin qu'on lui a posé à son dernier rendez-vous, annoncé dans la section des potins du journal. Elle commence à douter que les hommes bien existent encore. Puis elle rencontre le général décoré des Marines, Ron Thompson. Stoïque, séduisant et un vrai mâle alpha... il est littéralement son héros lorsqu'il la sauve d'une mauvaise situation.

Le général décoré des Marines Ron Thompson ne cherche pas l'amour. La luxure peut-être, mais pas l'amour. En tant que star militaire en pleine ascension, il préfère garder la tête froide et se concentrer sur son objectif : sa promotion. Mais lorsque la veuve du joueur de baseball professionnel Danny Roberts s'assied à sa table à la réception de mariage des Sterling, tout change. Heureusement pour lui, il a toujours été du genre à faire les choses en grand, et c'est ce qu'il fait quand il s'agit d'elle.

Mais elle n'est pas sûre d'être faite pour être avec un militaire pour quelque chose de plus qu'une simple aventure. Le sexe est peut-être incroyable, mais les longues périodes de séparation et son incapacité à discuter de son travail pourraient être trop difficiles à supporter pour elle. Pourtant, il ne cesse de lui sauver la mise et il lui est impossible de rester à l’écart.

Le Désir du Général est un roman d’amour qui met en scène des personnages principaux d'une quarantaine d'années, avec des scènes érotiques et des notes romantiques qui feront fondre votre Kindle et votre cœur.

Il s'agit du deuxième livre de la série Scène Sociale de San Diego. Chaque livre est un livre indépendant avec une fin heureuse et sans mensonges.

https://www.amazon.fr/dp/B0BNCPR1WB

Opération Bête de Sexe

Scène sociale de San Diego, Livre 1

Devenir une vraie bête de sexe était censé lui faire perdre ses inhibitions, pas son cœur.

Après avoir été larguée sans ménagement par son petit ami, Ava Ericson sait comment le reconquérir : en devenant une vraie bête de sexe. Elle rencontre l'avocat Travis Sterling et décide qu'il est l'homme idéal pour l'aider à mettre la théorie en pratique : l'opération bête de sexe est lancée.

Ava Ericson pensait avoir planifié sa vie : obtenir son doctorat, épouser Brad Miller à la fin de ses études de droit, avoir deux bébés et demi... et du sexe médiocre pour le reste de ses jours. Mais lorsque Brad la quitte en apprenant qu'il a passé le barreau, prétextant de nouvelles "opportunités", elle doit repenser son avenir. Convaincue que son manque d'expérience est la raison pour laquelle Brad a rompu avec elle, elle lance l'Opération Bête de Sexe (OBS), un plan pour devenir une véritable déesse au lit et récupérer Brad. Les choses risquent de déraper lorsqu'elle rencontre le célèbre avocat Travis Sterling, un célibataire qui, elle en est sûre, peut lui apprendre une chose ou deux dans la chambre à coucher. Alors qu'elle s'amuse à mettre en pratique les théories de l'OBS, elle se rend compte que la véritable "opération" sera de faire en sorte que les deux ne tombent pas amoureux.

Amusant et romantique, Operation Bête de Sexe fait monter la température avec des scènes explicites tout en encourageant l'amour à tout conquérir.

https://tesssummersauthor.com/scène-sociale-de-san-dieg

AUTRES ŒUVRES DE TESS SUMMERS:

L'élite de Boston :

Liam et Utah—*Une Voleuse Méchamment Espiègle*
Disponible en 2024

Aiden et Dakota—*Un Cardiologue Méchamment Mal Luné*
https://www.amazon.fr/dp/B0CQR689KF

Maverick et Olivia—*Un Secret Méchamment Vilain:*
https://www.amazon.fr/dp/B0C47JZC39

Zach et Zoé—*Décisions Méchamment Mauvaises*
https://www.amazon.fr/dp/B0BNFMNCPZ

James et Yvette—*Un Père Méchamment Canon*
https://www.amazon.fr/dp/B0BC6RT2VD

Hope et Evan—*Prescription Méchamment Canon*
https://www.amazon.fr/dp/B0B668YD5M

Steven et Whitney—*Docteur et Méchamment Canon*
https://www.amazon.fr/dp/B09YNKLPGP

Parker et Xandra—*Mûr et Méchamment Canon*
https://www.amazon.fr/dp/B09SBXF6KZ

Les Agents d’Ensenada

Étincelle - Préquel de la série Les Agents d’Ensenada

https://tesssummersauthor.com/les-agents-d’ensenada

Brasier

https://tesssummersauthor.com/les-agents-d'ensenada

Combustion

https://www.amazon.fr/dp/B0BKR199TW

Ravivée

https://www.amazon.fr/dp/B0BSP5DJ7M

Poudrière

https://www.amazon.fr/dp/B0C7SFX8HF

À PROPOS DE L’AUTEURE

Tess Summers est une ancienne femme d’affaires et professeure qui a toujours aimé l’écriture mais qui n’avait jamais le temps de s’asseoir et de se plonger dans la rédaction d’une nouvelle, et encore moins d’un roman. Luttant désormais contre la sclérose en plaques, sa vie a subi des changements drastiques, et elle a enfin le temps d’écrire toutes les histoires qu’elle avait voulu partager avec le reste du monde – y compris celles avec une touche d’humour et de sensualité !

Mariée depuis plus de vingt-six ans et mère de trois enfants désormais adultes, Tess jouait le rôle de famille d’accueil pour chiens mais elle finit par échouer et les adopta. Elle et son mari (et leurs trois chiens) passent le plus clair de leur temps entre le désert d’Arizona et les lacs du Michigan ; elle vit donc toujours dans un climat ni trop chaud ni trop froid, mais juste comme il faut !

CONTACTEZ-MOI !

Inscrivez-vous à ma newsletter : https://www.subscribepage.com/tesssummersfranaisenewsletter

E-mail : TessSummersAuthor@yahoo.com

Visitez mon site web : www.TessSummersAuthor.com

Facebook : http://facebook.com/TessSummersAuthor

Mon groupe Facebook : Tess Summers Sizzling Playhouse

TikTok : https://www.tiktok.com/@tesssummersauthor

Instagram : https://www.instagram.com/tesssummers/

Amazon : https://www.amazon.fr/Tess-Summers/e/B01LZFU30C

Goodreads : https://www.goodreads.com/TessSummers

Twitter : http://twitter.com/@mmmTess

Printed in France by Amazon
Brétigny-sur-Orge, FR

21352481R00090